# 愛を振り込む

蛭田亜紗子

# 愛を振り込む

目次

# 第一話　となりの芝生はピンク

枯れ葉を踏みしめるような音を立てて、封筒は飴《あめ》色に艶《つや》めく無垢《むく》材のテーブルへ置かれた。その膨らみは一センチ強。なかに入っているのが一万円札だとすると、厚さ一センチでどれほどの額になるか、大金に縁がなくてもおおよその見当はつく。みず帆はゆっくりと封筒から視線を上げた。正面に座る女を見つめる。

女は、想像していた早乙女《さおとめ》雪生《ゆきお》の妻とはまるで違った。身勝手な感想だとわかっているが、みず帆はがっかりしていた。「税理士の仕事と家事子育てを両立している噂の美人完璧妻」が目の前の女であるという事実を、うまく飲み込めない。

タイトなスーツを着こなす長身スレンダーなからだつき、理知的な横顔にかかる艶のあるセミロングの髪、胸もとには一粒ダイヤのネックレス、主婦や母であることを窺《うかが》わせるのは短くカットされた爪とかすかに荒れた指さきだけ――。それがみず帆の脳内に住む早乙女の妻だった。

しかしいまみず帆の目の前にいる女は、老成した小学生のような女だ。からだは極端に小柄で、髪型はおかっぱ、服はおばあちゃんの家のカーテンみたいな柄のワンピース。確かに子持ちには見えないが、悪い意味で年齢不詳だ。二十五歳のみず帆より十歳ほど年上だという事前情報がなかったら、いくつなのか見当がつかなかったに違いない。よく見れば顔立ちは整っているし、ぱつんと切り揃えた分厚い前髪のしたの双眸《そうぼう》は聡明そうなひかりを放っている。それでも、みず帆がうっとりと妄想のキャンバスに描いていた妻の像からはほど遠い。

店内には、抑えたボリュームで当たり障りのないジャズのスタンダード・ナンバーが流れていた。季節外れの『Summertime』から『Fly Me to the Moon』へ。この気まずい談話から逃れるため、だれかに月へ連れて行ってもらいたい。みず帆は心底そう思った。奥さんの強い視線を回避するようにうつむき、つめたくこわばった指でカップを持ち上げる。ぎこちなくくちびるをつけた。やすらぎを与えてくれるはずのコーヒーは、ざらりと厭《いや》な感触を口内にもたらす。

＊

早乙女さんは近くに寄ると、パンケーキに似た香りがする。香ばしくて、とってもおいしそうな食欲をそそるにおい。それを嗅《か》ぐたび、みず帆のからだじゅうの細胞に彼の存在が浸透していく。まるで、パンケーキに琥珀《こはく》色のメープルシロップが染み込むように。

背後を早乙女さんが通過したのを、みず帆は嗅覚で知る。彼のほうを向きたくてたまらない頭をなんとか抑えていると、隣席の後輩の手もとが視界に入った。ラメ入りパープルのネイルカラーで彩られた指に、見慣れないペンが挟まっていることに気付く。

「それって万年筆なの？　かわいい。ね、見せて」

話しかけると、後輩の吉瀬泉《きちせいずみ》の眉が曇った。タイミングがまずかったかな、とみず帆は鼻の頭を掻《か》く。吉瀬泉は浮かない顔つきのまま、椅子を少し回転させてみず帆に向き直った。しぶしぶ、といった様相でペンを差し出す。

「ＬＡＭＹサファリっていうんです。ドイツのメーカーのもので、もともと子どもの学習用につくられたらしくて」

「どこで買ったの？」

「大きめの文房具店ならどこにでもあると思いますよ」

レゴブロックに似たビビッドな色遣いの万年筆をうつむいて観察していると、新たなものがみず帆の視線をとらえた。はっと弾《はじ》けるように顔を上げる。

「吉瀬さん、そのスカート新品？」

裾がスカラップになっている淡いグリーンのスカートは、いままでの彼女の通勤着にはなかったはずだ。

「先週末に買ったんです。春物を着るにはまだ早すぎるけど、我慢できなくて」

「またスピック&スパン？」

「いえ、違います」

「じゃあどこのショップ？」

「安いところなんで、恥ずかしいからちょっと」と吉瀬泉は言葉を濁す。

もったいぶらずに店ぐらい教えてくれてもいいじゃない、けちな子、とみず帆は胸のうちでなじった。だがすぐに、彼女なりに気を遣ったのかもしれないと思い直す。以前、吉瀬泉のコートが素敵だったのでどこの商品か教えてもらって、色違いを買い求めたことがあった。吉瀬泉はベージュ、みず帆はキャメル。すると吉瀬泉はそのコートを会社に着てこなくなった。みず帆は服がかぶっても気にしないけれど、吉瀬泉は後輩として配慮したつもりなのだろう。

会話をやめて椅子を正面に戻し、パソコンに向かう。デスクトップの時計を見やると、昼休みの時間にさしかかっていた。

——さあ、今日も行くか。

みず帆は息をすうっと吸い込むと、弾みをつけて立ち上がった。椅子の背と背のあいだをすり抜け、早乙女さんの席へ向かう。

「今日も豪勢ですね、お弁当」

背後から覗き込んで声をかけた。

「はにゃ?」不意をつかれたらしく、へんな声を出して早乙女さんは振り向く。

「『はにゃ?』ってアニメキャラですか早乙女さんは。猫耳の萌えキャラとかですか」

呆《あき》れ声で言いながら、みず帆は内心彼の無防備なかわいさに悶《もだ》えていた。

早乙女さんは三段の保温弁当箱を広げているところだった。ミネストローネがふんわりと湯気を立てている。おかずはチキンのクリーム煮、茄子《なす》のチーズ焼き、スペイン風オムレツ。あいかわらず冷凍食品は入っていない。

「僕はカップ麺にコンビニおにぎりとかでもいいんだけどねえ」早乙女さんはのんびり言った。「椎名《しいな》さんは昼なに食べるの?」とつけ加える。

以前は話しかけても一往復で会話が終わっていた。こうやって質問を返してくれることなんてなかった。少しは意識してもらえるようになったみたい、とみず帆はほくそ笑む。サブリミナル効果のように地道なアピールを続けたかいがあった。最初は敬語だった口調もすっかりくだけている。

「私はカップ麺とコンビニおにぎりにしときます。ほんとうはそのお弁当を食べたいけど」

「じゃあさ、交換しない？　僕もたまにはカップ麺食べたいな」

「えっ、いいんですか？」

思いもよらない提案に、みず帆の声は大きくなった。

「うん、本気」

「すぐ買ってきますね！」

そう言うなり、みず帆はオフィスを出てエレベーターホールへ走った。好きなカップ麺の銘柄やおにぎりの具を訊《き》いてから来るべきだった、と気付いたときにはすでに、コンビニの棚の前に立っていた。

早乙女さんのお弁当は夢のようにおいしかった。いや、じつのところ浮かれすぎて味はよくわからなかったのだが、早乙女さんのあのお弁当を食べているという事実だけで、口内は幸福に満たされた。

早乙女さんはウェブ制作会社から出向中で、みず帆が勤める会社の通販サイトの制作運営をまかされている。みず帆と仕事上の接点はほとんどない。彼のことを意識するようになったのは、わりと最近だ。それまでは影の薄いひとだと思っていた。でもいまは、透明な水に似たたたずまいが好ましく思える。強い印象がないぶん、飲んだ水が体内に浸透するように、どんな人間関係にもごく自然に溶け込めそうだ。淡い目鼻立ちの童顔は、いつもうっすらとほほ笑んでいるような表情を浮かべている。目じりに刻まれた笑いじわが人懐っこい。品良くきゅっと上がった口角がチャーミングだ。

果実が甘く熟すのを木のしたで見守るように、みず帆はときが満ちるのを待っている。思慕と好奇心を込めた眼差《まなざ》し。うっすら開いた、もの言いたげなくちびる。地声よりワンオクターブ高い、語尾を甘く溶かした声。日々、みず帆は彼の周囲でたっぷりと鱗粉《りんぷん》を振りまいた。

数日後。みず帆は時計の針が正午をまわったのを確認すると、吉瀬泉と色違いのLAMYサファリ――吉瀬泉に教えてもらった日の会社帰りにさっそく購入したのだ――をペン立てに戻して立ち上がる。いつものように、早乙女さんの席に寄り道してから一階のコンビニへ行くつもりだった。だが、彼に近づきかけて足をとめる。

普段は正午を過ぎると弁当箱を広げるのに、早乙女さんはパソコンに齧《かじ》りついたままだった。鼻をくっつけんばかりに画面に接近している。つねに穏やかな目もとが焦燥《しょうそう》で尖っていた。

「あれ、早乙女さんお昼食べないんですか」

おそるおそる声をかけてみる。早乙女さんは、幽霊に肩を叩かれたみたいにびくっと振り返った。

「……ああ、椎名さんか。通販サイトのサーバが吹っ飛んじゃってさ。バックアップデータはローカルにあるから命拾いしたけど、受注データをどこまでサルベージできるかが問題で。とにかく、今日は徹夜確定」

「なんか手伝えることとかあります？　私、今日はわりと暇なんで」

どんよりと濁っていた彼の眼が、たちまち期待に輝く。

「社交辞令とかじゃなくてほんとうに？　ご厚意に甘えちゃっていいですか」

「はい、私なんかにできることがあればですけど」

「じゃあ申し訳ないけれど、リンク切れになってる商品ページをリストアップしてもらえるかな？　仕事のあいまを見て、夕方までにやってくれればいいんで」

夜が深くなり社内が閑散としてくると、早乙女さんの隣席のひとのパソコンを借りて本格的に手伝った。専門知識のないみず帆は、消えてしまった広報ブログの過去の記事を復元する作業をまかされた。早乙女さんの指示に従い、ネット上のキャッシュデータをかき集めて一件ずつアップしていく。

ふいにとなりからたなびいてきた煙に鼻腔《びこう》をくすぐられ、みず帆はそちらを向いた。顔をしかめてパソコンを見つめる早乙女さんの、食いしばった歯のあいだに煙草が挟まっている。

「あ、煙草」

「ずっと禁煙してたんだけど、さっき下で買ってきちゃった」

「社内禁煙なのに」

「もう僕と椎名さんしかいないから、大目に見てよ。帰るときにファブリーズ撒いとくから」

早乙女さんの眼が切った爪みたいな弓なり形になる。穏和そうにもいやらしそうにも見える目つき。いや、いやらしそうに見えるのは、こっちが下心を抱いているからだろうか。

視線を下ろすと、椅子のうえで片あぐらをかいているのが目にとまった。とうにネクタイは外し、ワイシャツのボタンをふたつ開けて襟を開いている。飄々《ひょうひょう》としてにこやかな早乙女さんしか知らなかったので、今日の彼は新鮮だった。普段の早乙女さんは柵のなかで草をはむ羊みたいだが、いまの彼は毛並みの荒い野生の獣に似ている。目のしたの隈《くま》も脂っぽくなってしまった髪も、色っぽく見える。みず帆だって額が皮脂でべとついて、朝に巻いた髪が崩れていた。

「センセー、眼がシパシパするんですけどー」みず帆は作業を続けながら軽口を叩く。

「弱音吐かないー」

「そもそも私の仕事じゃないんですけどー」

「口じゃなくて手ぇ動かすー」

　ふたりとも疲労で壊れつつあったけれど、みず帆にはそれが愉《たの》しかった。

　すべてが復旧できたのは、午前三時をすぎたころだった。

「ありがとう。助かったよ椎名さん。メシおごらせてくれる？　といってもこの時間だとやってる店ぜんぜんないけど」

「わあ嬉しい」

　はしゃいだ声を上げてふと視線を下ろすと、早乙女さんのズボンの股間《こかん》付近に異変が起きていることに気付いた。しわが不自然なかたちを描いている。

　みず帆の視線に気付いた早乙女さんが、へへっ、と恥ずかしさをごまかすように笑う。

「疲れるとね、逆にこうなっちゃうこともあるんです」

「いわゆるバテマラってやつですか」

「そうそう」

　みず帆は指を自分の膝のうえで遊ばせた。妙な間が空く。早乙女さんは窓のほうを向いた。窓の外ではしんしんと雪が降り積もっている。オフィス内は少し前に暖房が切れていて寒いはずなのに、みず帆と早乙女さんのあいだにただよう空気はぬくまっていた。ごくん、とみず帆の唾を飲み下す音が、ふたりきりの空間に響いた。早乙女さんがゆっくり振り向く。みず帆は上目遣いで彼を見た。言葉よりも雄弁に語る眼差しで問いかけた。

早乙女さんがぐいと身を近づける。

「……あのさ。椎名さん」

「あ、私、帰る前にちょっとトイレに」

みず帆はキャスター付きチェアごと後ずさり、立ち上がった。もつれる足でオフィスから飛び出す。

女子トイレに入ると、洗面台のしたの戸棚から「そのとき」のために用意していたポーチを取り出した。中身は下着と香水の小瓶だ。トイレの個室に入り、すばやく服を脱ぐ。下着も外した。ポーチから下着を取り出す。まだいちども肌にまとっていない、繊細なレースが上品なインポート・ランジェリー。ショーツに足をとおし、腰骨のあたりまで引き上げる。ブラジャーのストラップに肩をとおし、後ろ手にホックを留めると、ぐっと背すじが伸びた。戦闘開始って感じ。香水を胸もとにワンプッシュする。グレープフルーツや赤すぐりやワイルドローズの芳香が渾然《こんぜん》一体となって立ちのぼった。甘酸っぱい香りはみず帆の胸をきゅっと締めつけて、恋の気分を高めてくれる。

ふたたび服を着て、洗面台の鏡に映る自分をチェックする。メイクのよれをティッシュでぬぐった。心臓のあたりを両手で押さえて、昂《たか》ぶる気持ちを落ち着かせようとする。トイレを出てオフィスに戻ったら、すでにコートを着て帰る準備を済ませた彼に「じゃあ行こっか」と声をかけられるだろう。みず帆は早乙女さんが自家用車で通勤していることを知っていた。狭い車内でふたりきり、交差する意味ありげな視線と視線、言葉をさがして惑うくちびる、やがてどちらともなくからだが近づいて――。そこまで思い描いて、みず帆は眼を瞑《つぶ》った。深呼吸を繰り返し、それから意を決して廊下に続くドアを開ける。

「椎名さん、おそい」

ため息まじりの切なげな声が耳朶《じだ》を撫《な》でた。腕を引っ張られる。つぎの瞬間には、早乙女さんの胸に抱き寄せられていた。

「あんまり待たせるから、もう我慢できなくなった」

カットソーの裾から指が侵入する。ひんやりとした指の腹の感触に肌がわななく。ブラジャーごと乳房を摑まれた。彼の手のなかにある乳房が、そして下腹部の奥が、とろりと甘く疼《うず》く。

「待って、こんなところじゃ駄目」

「待てない」湿度の高い声がみず帆の鼓膜《こまく》をくすぐる。ぞくぞくするほど心地よい声音。

ふいにみず帆の喉からみだらな吐息が洩れた。早乙女さんの指がブラジャーのカップのなかに潜り、隠れていた尖りに触れたのだ。指は円を描くように乳首の輪郭をなぞる。みるみる屹立《きつりつ》していくのが自分でもわかって、みず帆は羞恥に頬を熱くした。強くひねられ、声を上げてしまう。自分が熱帯の鳥になった気がした。極彩色の翼をばさばさと羽ばたかせ、甲高い声で啼《な》く鳥。

早乙女さんの腕がスカートの裾を持ち上げ、ストッキングごと下着を下ろされる。さっき替えたばかりのショーツのクロッチ部分がどろどろに汚れているのが、歪んだ視界のなかに見えた。壁に背を押しつけられる。剝き出しの突起を撫でられ、抓《つま》まれ、擦り立てられる。みず帆は彼の首のうしろに腕をまわして快感に耐えた。首が反り、口内にみだりがわしいよだれが溜まっていく。早乙女さんのくちびるをさぐりあて、舌を絡めた。熱い唾液をまぜあわせたとたん、生気が全身にみなぎった。スコールが降った直後のようにしっとりと濡れる空気に汗をかき、伸びやかに鮮やかに、みず帆は四肢を広げる。たぎる肉のあわいに、つめたい指が差し込まれた。早乙女さんの指はゆっくりと出入りを繰り返す。そのつど大量の蜜が引きずり出される。恥ずかしい音が廊下に響いている。指はみず帆のなかでくの字に曲がり、擦り立てる。無我夢中で彼にしがみついて声を絞った。しずくが飛び散り、廊下の灰色のカーペットに黒いしみができていく。

「……最後までしてもいい？」

早乙女さんは揺らぐ眼差しをみず帆に向けて囁いた。まなじりに、くしゃっと鳥の足跡みたいなしわがあらわれる。ふっくらとした涙袋が赤みを帯びている。

「こんなにしておいていまさら確認するなんて、ずるい」

みず帆は潤んだ瞳で催促するように見つめ返した。

早乙女さんは薄く笑ってみず帆の片脚を持ち上げる。大きく開いた穴は、こぽっ、とちいさな音を立ててあふれた。侵入者に恋い焦がれて口を開けている。熱く脈動する器官をあてがわれた。その感触は、みず帆のからだじゅうの皮膚をざわざわと目醒めさせる。彼は蓋《ふた》をするようにそれをねじ込んだ。みず帆は大きくあえぎ、早乙女さんのスーツの背にまわした腕に力を込める。——やっと満たされた。めくるめく快感の渦の中心で、みず帆は満足げに息を吐く。


車の助手席に乗り込むと、あの甘く香ばしいにおいがふっと鼻さきをかすめた。いつものパンケーキの香り。おそらく彼の家も同じにおいがするのだろう。奥さんとふたりの幼い子どもと暮らす家の、ほんのりと甘くやさしいにおい。子どものおもちゃが転がるリビングに、ル・クルーゼの鍋がことことと音を立てているキッチン。

振り返って後部座席を見ると、チャイルドシートがふたつ並んでいた。

「年齢的にはもうしなくていいんだけど、嫁が安全のためにってうるさいから」

言い訳するように、早乙女さんは早口で説明する。

情事のあとの気まずさが、空気の層となってふたりのあいだに居座っていた。みずず帆は窓のほうを見やる。助手席のドアポケットにはハンドクリームが入っていた。奥さんのものだろう。

医薬品のようにシンプルなデザインのチューブを手にとった。蓋を開け、鼻を近づけてみる。オーガニックを謳っているそのハンドクリームは、みずず帆が使用している香料が強くにおうクリームとは違い、精油のほのかな香りがした。

――いま使っているのが切れたら、今度はこれを買おう。

みずず帆は商品名を頭に叩き込んだ。


ラブホテルのベッドのなかで、みずず帆は早乙女さんの裸の胸に頭を寄せていた。彼とセックスするのは三回め、ホテルを利用するのは二回めだった。

「あ、弁当捨てておかなきゃ」

そう呟くと早乙女さんは上体を起こした。ベッドから下りる。手提げ袋から弁当箱を出して、トイレへ向かった。水洗トイレの水が流れる音を、みずず帆はシーツに顔をうずめて聞いていた。

はじめてふたりが交わったあの日以来、彼はお弁当には手をつけずにコンビニの菓子パンや外食で昼を済ませているようだ。豪勢な手づくり弁当は毎回捨てているらしい。遅れてきた反抗期なのか、それとも罪悪感で食べられないのか。

早乙女さんはトイレから戻ってくると、みず帆の頬を撫でる。手を掴まれ、彼の股間へ導かれる。そこはひと仕事終えてくったりとしていた。

「満足した？　もう一回する？」

声とともに顔が近づき、くちびるが重なった。喫煙者独特の口臭がみず帆の鼻腔を刺激する。

「煙草、再開したんですか」

口が離れてから質問してみた。

「あの日吸ったら習慣化しちゃって」

甘いパンケーキのにおいはどこへ消えてしまったのか。彼のからだのどこを嗅いでも、もうあの香りをさぐりあてることはできない。

「会社では出向社員だからヨソ者だし、毎日微妙に居心地が悪くてさ。煙草ぐらい吸わないとやってけないよ」

「早乙女さん、穏やかで人畜無害な羊っぽく見えるけど、じつはけっこう気性が激しいですもんね。ストレス溜まりますよね」

彼が喜びそうな言葉をてきとうに並べる。

「みず帆ちゃんだけだよ、僕のことわかってくれるの」

その言葉が鼓膜に届くなり、ぞわっと首すじの毛が逆立った。みず帆は首のうしろに手を置いてなだめる。しかし、鳥肌はなかなかおさまってくれなかった。

「どうした？　首痛いの？」

「いえ、ちょっと悪寒が」

「風邪ぎみ？……うわ、すごい鳥肌」

首すじに触れられた。その手が不快でしかたなかった。彼の左くすり指で鈍いひかりを放っていた銀色のリングは、いつのまにか消えている。

——あ、この感じ。またいつもの。

みず帆はおとずれつつある変化を察知して、身をこわばらせた。

眼をぎゅっと瞑る。便器に捨てられた色とりどりのおかずが水流にもみくちゃにされ、飲み込まれていく——そんな光景が目蓋《まぶた》に浮かんだ。

早乙女さんは頼んでもいないのに仕事帰りに車で送ってくれるようになった。こんなに堂々とかまわれては、会社の人間に勘づかれるのも時間の問題だ。

早乙女さんが席を外している隙に、みず帆はタイムカードを打刻してオフィスを出た。駆け足で駅まで急ぎ、やってきた地下鉄の車両に乗り込む。途中で何度か携帯電話が震えたが無視した。

ひとり暮らしの部屋に帰宅し、冷蔵庫から缶ビールを出す。ひと缶飲み干してから、しぶしぶ携帯を確認する。早乙女さんからのメールがいくつも届いていた。ソファに横たわり、古い順に開いていく。

『いまどこ？』

『なんで帰っちゃったの？　用事でもあった？』

『移動中かな？　メールに気付いたら返事ください』

『まだですか？　待っています』

『遅すぎる（怒っている顔の絵文字）』

『五分以内にメールください（泣いている顔の絵文字）』

みず帆は途中でメールを読むのをやめた。ううう と唸って突っ伏し、携帯を床に投げる。

――椎名さん見てよ、早乙女さんのお弁当。

ふいに、企画部の沢さんの声が耳の奥で甦った。早乙女さんのことを意識するきっかけとなった会話。

「わあおいしそう。それ、奥さまがつくってくれてるんですか」

確か、みず帆は彼のお弁当を覗き込んでそう訊《たず》ねたはずだ。

「子どもの弁当もつくるんで、そのついでにですけど」

早乙女さんは恐縮しながら答えた。

「早乙女さんの奥さん、ふたりの子どもを育てながら税理士としてばりばり働いてるんだよ。で、こんな立派なお弁当までつくっちゃう。かっこいいよね」と沢さんが情報を追加する。

「二児の母で士業ですか、素敵ですね」

「しかもこのあいだ、コンサートホールで夫婦でいるところにばったり遭遇したんだけどさ、奥さんきれいなの。とても子持ちには見えない感じで」

「お子さんおいくつなんですか」

「六歳と七歳、ふたりとも女の子です」

照れくさいのか、早乙女さんはさかんに耳を弄《いじ》っていた。

パーフェクトな女性に選ばれ、愛されているひと。それだけの価値がある男。みず帆はうっとりと彼を見つめた。――欲しい。自分のものにしたい。

手に入れたあとのことなんて、まったく考えていなかった。そもそもほんとうに、早乙女さんのことを好きだったのだろうか。あのときの衝動は、恋ではなかったのか。

携帯が振動し、さらに新しいメールを受信する。みず帆はしぶしぶ新着メールを開いた。これまでと違い、画像が添付されている。『これが恋しくないの？』というタイトルに少しだけ興味を惹かれてスクロールした直後、ぐえ、とガマガエルの鳴き声に似た音が喉から出た。彼が自分で撮ったとおぼしきペニスの写真だったのだ。

酔いと疲れが体内に渦巻いているのを感じた。クッションに頰をつけ、眼を閉じる。まどろみに浸る。

携帯が振動する音で、みず帆は飛び起きた。しばらく眠っていたようだ。手を伸ばして携帯を拾い上げた。画面を見て、びくっと首を肩にうずめる。またもや早乙女さんからのメール。うんざりしつつ開いて、みず帆は硬直した。しなやかな鞭を背に受けたような衝撃が駆け抜ける。

『夫の携帯を覗いてあなたのことを知りました。つきましては、いちどお会いしてお話をさせていただきたく思います。今週の日曜の午後にでも、お時間をいただけますでしょうか。お返事お待ちしております。早乙女真由子《まゆこ》』

＊

「これで夫から身を引いてほしいんです」

　奥さんの早乙女真由子は、想像したとおりの言葉をくちびるにのせた。

「手切れ金、ですか」

　みず帆は封筒から視線を上げて訊ねる。

「まあ、そんなところです。慰謝料を請求されたくなかったら受け取ってください」

　慰謝料という言葉にみず帆はぎょっとした。

「そんなに怯《おび》えないでください。私はできるだけ穏便に、すばやく解決したいんです。家庭が不安定だと、子どもはすぐに察知して気持ちを乱してしまうから」

　そうですか、とみず帆は消え入りそうな声で答える。

「夫にはもう話をしてあります。納得していただけるのなら、誓約書にサインしてください」

　真由子さんはペンと紙を差し出した。

　みず帆は紙を受け取り、文面に目をとおす。ペンのキャップを外し、空欄に日付と氏名を記入した。

　顔を上げて真由子さんを窺う。

「印鑑は持っていますか？」と真由子さん。

「いえ、いまはないです」

「では拇印《ぼいん》を押してください」

　真由子さんはバッグから朱肉を取り出し、こちらに向けた。用意周到だ。

　みず帆は朱肉の蓋を開け、右手の親指を朱《あか》いインクで湿らせる。名前の横にぐりぐりと指を押しつけた。朱く染まった指の腹を内側に折りたたんで、軽くこぶしを握る。

　誓約書を確認した真由子さんは満足そうに吐息を洩らした。

「ご協力、ありがとうございました」対面して以来はじめて笑みを浮かべる。

　いえ、とみず帆はあいまいな返事を口のなかで転がした。

「ここは私が払いますので」真由子さんが立ち上がりながら申し出た。

「自分のぶんは払います」

　あわてて財布を取り出すが、「私がお呼びして時間を取らせてしまったので、払わせてください」と遮られる。口調の強さに、みず帆は諦めて財布をしまった。

「ではこれで、失礼します」

真由子さんはバッグを持って立ち上がった。みず帆は椅子に座ったまま、オレンジ色のトートバッグについているロゴ入りプレートをすばやくチェックする。ケイト・スペードだった。

ひとりになったみず帆は、すっかり冷めてしまったコーヒーを飲み干した。テーブルに載っている封筒をバッグにしまう。すぐにでも封筒の中身を確認したかったが、人目のあるところで開封するのは避けたほうがいいだろう。あとで、どこかのトイレにこもってこっそり開けよう。

負担になっていた早乙女さんと手っ取り早く縁を切れたうえに、大金までゲットできたなんて。気持ちが落ち着いてくると、自分に起きた事件はとても幸運なできごとだと思えてきた。頬がだらしなくゆるむ。

喫茶店から出ると、雪まじりのつめたい風に頬をなぶられた。寒さから逃れるため、地下の歩行空間を歩くことにする。

途中で見つけたトイレに入った。個室に閉じこもると、鼻唄が洩れそうになるのをこらえつつバッグから封筒を取り出す。糊《のり》で封をしてあったが、はやる指で端を荒っぽく破った。指を突っ込む。昂奮で指さきが震える。――感触に、違和感を覚えた。引っ張り出した紙幣は、たった一枚。福沢諭吉の顔がついた札の束を予想していたのに、野口英世の顔と「千円」という文字が目に飛び込む。どうして、と動揺して封筒を覗き込むと、段ボールらしき厚紙の側面が見える。

「やられた……」

つい独りごとが出た。

みず帆は二枚重なった段ボールを抜き取るとふたつに折り、汚物入れにねじ込んだ。封筒の奥にはまだなにか入っているようだ。それも乱暴に引っ張り出す。

スナップ写真だった。これも縦のサイズを紙幣と揃えるように切ってある。エメラルドグリーンの海をバックに、一家四人がジャンプしている写真だ。他人の情事を覗いてしまったような、見てはいけないものを見たという気まずさがこみ上げる。早乙女さんは顔が歪んでとても間抜けな人相になっていた。

つぎの写真へ移る。ふたりの子どもが公園の遊具で遊んでいる写真。正月のしめ飾りの前で記念撮影。動物園の顔出しパネルから顔を出している子どもたち。みず帆は顔や頭に血が上るのを感じていた。こめかみがぴくぴくと痙攣《けいれん》する。

――どういう意図なのか。お前がちょっかいを出していた男には、幸福な家庭があるのだ、と伝えたいのだろうか。お前が壊そうとしていたものを直視して猛省せよ、とでも言いたいのか。いかにもあの妻らしい、小賢《こざか》しいやりくちだ。

かすかな違和感が脳の一部をちくりと刺したが、写真を見返してもその正体はわからなかった。みず帆は考えるのをやめて写真と千円札を封筒に戻し、バッグにしまう。こんな写真なんて汚物入れに捨てたかったのだけれど、さすがにそれはためらわれた。子どもたちに罪はない。それに、幸福そうな家族の写真を見て、既婚者にちょっかいを出してしまったことに対する良心の呵責を感じたのも事実だった。

トイレから出て札幌駅へ続く地下通路をせかせか歩く。このまま帰宅する気分にはなれなかった。わざわざ休日に外出したのだし、気分転換になることをしたい。数日前に吉瀬泉が面白かったと話していた映画を観ようと思いつく。

いちばん近くにあるシネコンへ赴き、上映案内を眺めた。吉瀬泉お勧めのコメディ映画は公開終了が近づいているらしく、朝の一回しか上映していなかった。迷ったすえ十分後に上映開始する洋画を観ることにした。知らない作品だが、主演女優の名前に聞き憶えがある。売店でオレンジジュースを購入し、上映スクリーンへ向かう。

——映画はオフビートな雰囲気のロードムービーだった。大きな事件が起こるわけでもなくたんたんと進み、これから一波乱あるだろうと待っているうちに唐突にエンドロールに切り替わった。面白いのかつまらないのか、良い映画なのか駄目な映画なのか、みず帆にはさっぱり判断できなかった。不安でこころもとない気分に襲われる。いつもこうだ。判断基準が手のなかにないと、無性に落ち着かない。

小腹が空いていたので食事をしてから帰宅しようと思い、エスカレーターで飲食店フロアへ向かう。フロアの案内図を見ながら、携帯で口コミグルメサイトにアクセスした。店の評価を一軒ずつ確認していく。どこも似たり寄ったりの点数だったが、いちばん評価の高いカジュアルイタリアンの店に入ることに決めた。

中途半端な時間帯だったので、すんなりと席に案内された。注文を済ませると、みず帆はまた携帯をバッグから取り出す。ネットに繋ぎ、今度は映画の紹介サイトを開いた。さっき観た映画のタイトルをさがし、一般ユーザーによるレビューを読む。

『選曲センスが抜群！　思わず帰りにサントラを購入しました』

そうか、選曲が良かったのか。どんな曲が使われていたのか思い出そうとしたが、まったく頭に残っていなかった。そのしたのレビューにも目をとおす。

『主演ふたりのケミストリーをまったく感じられず、残念。せっかくいい役者を揃えているのにもったいない』

なるほど確かにあのふたりはいまいち嚙みあっていなかったかもしれない、と頷く。役者のケミストリーとは具体的にどういったものを指すのか、よくわからないけれど。

ほかのレビューにも目をとおしていく。どの意見もぴんとこなかったが、自分の感性と頭が鈍いせいなのだろう。とっ散らかっていた映画の印象を、そこに書かれている言葉に合わせて変形させ、頭のなかの箱にしまう。★★★☆☆というレビューの平均点をラベル代わりに貼りつけて。

チキンとごぼうのクリームパスタが運ばれてきた。携帯をテーブルの隅に置いて食事に取りかかる。すぐにみず帆の胃はギブアップした。濃厚なホワイトソースを口へ運ぶのがつらくなる。フォークを皿に置いた。思いのほか早乙女さんの妻の一件が胃にもたれているらしい。

だれかに話してしまえば気が楽になるかもしれないと閃《ひらめ》いた。友だちに電話してわあわあ喋って、笑い話にして終わらせたい。

携帯のアドレス帳を開き、そこに並ぶ名前をあいうえお順に眺めていく。話を聞いてくれそうな相手をさがした。しかし、「わ」まで辿《たど》り着いても、適任者はひとりも見つからなかった。

数年前に友人の彼氏を略奪して以来、学生時代の女友だちにはほぼ縁を切られたような状態になっている。ただの恋愛の失敗談ならともかく、よりによって妻子持ちの男に手を出した顛末《てんまつ》なんて、笑って聞いてくれそうな相手などいない。みず帆は携帯をテーブルに置いた。

――ひとのものばかり欲しがっちゃって。

——真似ばっかり。中身空っぽ。

——ひとりじゃ選べないわけ？

——いい加減うざったい。

つぎつぎに悪口が耳の奥で甦る。実際にだれかに言われたことなのか、自分の脳が勝手に生み出した台詞《せりふ》なのかはわからない。暗闇にいくつもの口が蠢《うごめ》いて言葉を吐き捨てる。くちびるの縦じわが伸び縮みし、赤い舌を覗かせ、白濁した唾液の糸を引き、黄色い歯を光らせて。声はわんわんと反響し、頭蓋骨を揺さぶる。

——自分ってものがないの？

——二番煎じの女だよね。

両耳を押さえてうつむく。中高生のころ、みず帆は友だちが想いを寄せるひとばかり好きになっていた。「部活で汗を流しているときのあのひとの横顔が好き」「玄関でおはようって言ってくれたの」などと甘やかな感情を友人に打ち明けられると、自分までその相手のことが気になりはじめた。授業中に眼で追ったり、廊下ですれ違うたびときめいたり。その悪癖は大人になるにつれ悪化していった。色違いのコートや万年筆に気付いた吉瀬泉の憮然とした顔が、脳裏に浮かんで消える。厭がられている、そのことにほんとうは気付いていた。それなのになぜ、やめられないのか。

手を挙げてウェイトレスを呼び、グラスワインを注文する。運ばれてきたワインをひと息に飲み干し、脳にアルコールの霞《かすみ》が立ちこめるのを待つ。手持ちぶさたなので、例の早乙女真由子に渡された封筒をバッグから引っ張り出して、写真をテーブルに広げてみた。頰杖《ほおづえ》をついて眺める。

ひととおり見て、ようやく違和感の正体に気付いた。ふたりの娘の服装のテイストがまったく異なるのだ。長女はどの写真でも、青いTシャツや半ズボンなど少年のような格好をしていた。いっぽう次女は、白いワンピースだとかピンクのフリルつきスカートだとか、ふわふわと甘い服ばかり。

それぞれに似合う服を着せているのだろうか。しかし、少年っぽい服装をしている長女のほうが華やかな顔立ちで、かわいらしいファッションの次女は服に似合わぬ地味な容貌をしている。仮に自分が母親でこの子たちに服の趣味を押しつけるならば、逆の組み合わせにするだろう。

では、愛情の偏りが服にあらわれているのだろうか。公正という言葉が好きそうな早乙女真由子の顔つきを思い浮かべ、まさかそんなこと、とひとりで首を振る。

アルコールでとろりとしてきたみず帆の脳裏に、ある風景が像を結んだ。――確か、小学校に上がったばかりのころ。出かける準備をしているみず帆を見て、母が眼をつり上げた。

「なんなの、その組み合わせ。シャツもスカートも柄ものだとおかしいでしょ」

みず帆は星条旗柄のTシャツにギンガムチェックのスカートを合わせようとしていた。

「どっちもお気に入りだからこれでいいの」

「その髪型は？　なんで顔の前で結んでいるの？　直してあげるからこっちに来なさい」

「やだ！　この髪型がいい！」

視界を遮る珍妙なポニーテールを揺らして、幼いみず帆は逃げる。

そうだ、子どものセンスというものは客観性に欠けているのだ、とみず帆は閃いた。写真のなかの子どもたちはたぶん、それぞれ好きな服を着ているだけなのだろう。自分だってそうだった。

写真を封筒にしまい、椅子に深くもたれた。

――いつから私は、評価基準をつねに外に求めるようになったのだろう。だれかの意見を聞かないと不安でたまらない、陳腐な人間になってしまったのだろう。

アパートに戻る前に、近くのコンビニに寄った。酔い醒ましにスポーツドリンクかお茶を買って帰るつもりだった。

飲料コーナーの冷蔵庫の扉を開ける。スパークリングバジルという名の商品が目にとまった。バジル風味の炭酸飲料である。バジルを用いた料理が好きなみず帆は、以前から気になっていた。しかし、飲んだ同僚はまずいと語っていたし、インターネットの個人ブログや掲示板などで酷評されていたので、手を出すのは控えていたのだ。低評価のものにわざわざ挑む必要などない、そう信じていた。

いったんは上段のお茶に手を伸ばしかけた。しかし、少し動きをとめ、今度は勢いよくスパークリングバジルの500mlペットボトルを掴む。

まっすぐレジへ向かった。バッグの底から財布を出すのが億劫《おっくう》だったので、早乙女真由子にもらった封筒の千円札を出す。ペットボトルの表面に水滴がついていたため、指さきが濡れた。誓約書に拇印を押した際に指についたインクが水滴に溶けて、お札に朱い染みをつくる。

会計を済ますとコンビニを出た。ペットボトルの蓋をひねって開ける。くちびるをつけた。意を決し、ぐいっと口に含んでみる。――しゅわしゅわ弾ける炭酸とともに、バジルの爽やかな香りが鼻に抜けた。青臭い味が口内に広がり、人工甘味料のわざとらしい甘さがねっとりと舌に残る。

みず帆は顔をしかめた。まずい、と思わず声が出る。なんとも微妙な味。甘みがなかったらまだ飲めたかもしれない。

くつくつと笑いが喉の奥から湧いてくる。通行人が不審そうな顔を向けてきたが、かまわなかった。ペットボトルを傾けてさらに喉へ流し込む。最後の一滴まで飲み干した。

「まずい、けど、面白い」

空になったペットボトルをコンビニ前のごみ箱に捨てて、ふう、と息をつくと、大きなげっぷが出た。一気に炭酸を胃に流し込んだせいだ。強烈なバジルの風味が鼻腔にむわっと甦り、みず帆はまたひとりで笑った。

# 第二話　お客さまの声はこちらまで

コンビニの自動ドアで二十代半ばとおぼしき女とすれ違った。彼女が手に持っているペットボトルを見て、思歩子《しほこ》は眉をわずかに上げる。スパークリングバジル。あんなまずそうな商品、よく買う気になるものだ。

レジに払込取扱票を差し出す。通販で購入したキッチンマットの代金だ。カタログでは良さそうに見えたのに、届いた実物はひどいものだった。ごわついた素材は足の裏をちくちくといたぶるし、色はカタログの写真よりも濃くて絶妙に野暮ったい。店頭で見かけたならば、購入どころか手に取ることもないだろう。そもそも一年前の自分だったら、通販で購入するという選択肢じたい存在しなかったはずだ。おまけに洗濯したところ、完全に乾くまで数日かかって閉口した。

送料込みで三千八百円也。注文したときはお値打ち品だと思ったが、こうしてお金を払う段階になると、莫迦《ばか》にならない金額だと反省する。五千円札を店員に渡した。「お先に大きいお釣り、千円をお返しします」と言いながら店員は紙幣を差し出す。受け取った千円札に視線を落として、思歩子はぎょっとした。野口英世の顔の横あたりに朱《あか》い指紋が付いている。まさか血痕？　右手の皮膚が粟立つ。——いや、この鮮やかな朱色はインクだろう。それでも不快なことには変わりない。

「残り二百円とお客さま控えのお返しです」

コンビニを出ると、歩道に置かれているフリーペーパーのラックが視界に入った。とっさに顔を背けたが、求人情報誌の表紙が網膜に焼きついてしまう。

まっすぐスーパーマーケットへ向かった。値引きシールの貼られた豚肉を手に取って見比べ、いちばん脂身の少ないものを買い物かごに入れる。それから野菜売り場へ足を運び、メモを見ながら商品をかごに入れていく。レジの列に並んだ。

豚ロースとキャベツとしょうがと茄子《なす》と葱《ねぎ》ともやしがレジに通される。今晩は豚のしょうが焼きと焼き茄子と味噌汁と、あとは冷蔵庫の野菜室で眠っているごぼうとにんじんできんぴらをつくる予定だ。「九百十三円です」と店員。千円札と十円玉をふたつ出す。紙幣がレジに納められるのを見てから、さっきの朱いインクのついたお札を遣えばよかった、とかすかに後悔する。

それにしても三千八百円か、とさっきコンビニで支払ったお金のことを思い出す。あのキッチンマットと夫婦の四日ぶんの夕食費がほぼ同等だ。「うちのエンゲル係数、高いんじゃない？」と夫の克弥《かつや》が先日言っていたことが脳裏をよぎる。夫婦ふたり、もっと少ない食費でやりくりしている家庭はいくらでもあるだろう。財布の紐をかたくしなければ。

例のキッチンマットは克弥が家にいない時間帯の配達を指定していた。だが、少し留守にしているあいだに配達員が来たようで再配達になってしまい、結局克弥が受け取ったのだった。

「ほら思歩ちゃん、お届けもの。なに買ったの？」

段ボール箱を差し出しながらそう訊《たず》ねてきた彼には、べつに他意などなかったのだろう。しかし思歩子は浪費を責められたように思えて、罪悪感に苛まれた。俺の稼いだ金で勝手なものを買いやがって、と暗に言われている気がしたのだ。克弥はそんなこと考えていないとわかっているのに。

スーパーの階段わきにひっそりと設置されたボードの前で、思歩子は足をとめる。「お客さまの声」と書かれたボードには、手のひらサイズの紙がいくつか貼られている。

『Q食品の納豆を最近見かけないのですが、取り扱いをやめたのですか？　好きだったので残念です』

『掲示板に貼られているバスの時刻表が古いので、新しいものに変えてほしいです』

『サッカー台が汚れています。もっとこまめに拭いてください』

客の直筆ではなく、まるっこいパソコンフォントで書き直されている。そのぶん印象がマイルドになるだろうと担当者は考えているのかもしれないが、かえって無機的な文字から怨《えん》嗟《さ》が滲《にじ》み出ているように見えた。

各ご意見の右横には、店員からの回答が貼られている。

『いつもご利用ありがとうございます。Q食品の納豆は現在在庫が不足しているため、取り扱いを休止しております。再来週には入荷予定ですので、申し訳ございませんがもうしばらくお待ちください』

『ご指摘ありがとうございます。新しい時刻表に貼り替えました。ご不便をかけ、たいへん申し訳ございませんでした』

『不快な思いをさせてしまい、たいへん申し訳ございません。清掃を徹底するよう心がけます。ご指摘ありがとうございました』

買いものを済ませたあとにこのボードを確認するのは、もはや思歩子の日課だった。新しいものが掲示されていると、なんとなく胸が華やぐ。

帰り途《みち》、さっきはとおりすぎたフリーペーパーのラックの前で立ちどまる。求人情報誌の表紙イラストをじっと見据え、しばらくためらったのち、手を伸ばしてそれを摑んだ。

帰宅して夕食の下ごしらえを済ませてから、思歩子はソファで求人情報誌を手に取った。似たり寄ったりな求人ばかりだ。コールセンターなどのオフィスに勤めることを想像すると、背すじがこわばった。かといって飲食店やドラッグストアの店員だと、知り合いに遭遇する可能性がある。これも駄目、あれも厳しい。胸のうちでバツをつけながらページをめくっていく。ふと、ある求人が目にとまった。マンションの管理人。これならばあまりひとと接しないだろうから、リハビリにはちょうど良い仕事ではないか。いや、住民の板挟みになる恐ろしい職場かもしれない。ごみの出しかたやら騒音やらで揉める住民のあいだに立つ自分を思い描き、思歩子は嘆息した。そもそも思歩子がいま住んでいるマンションの管理人は七十は過ぎていると思われるおじいさんなので、管理人というのは定年退職した人間を優先的に採用する職なのかもしれない。時給は八百円とあった。六時間勤務、週三回。携帯電話の電卓で一か月ぶんの賃金を計算して、その額の少なさに愕然とする。

思歩子はため息を吐くと、求人情報誌をごみ箱に投げ入れた。ノートパソコンをセンターテーブルに載せ、電源を入れる。家計簿ソフトを立ち上げて、今日のぶんを記入した。キッチンマット三千八百円は今週の支出のなかで悪目立ちしていて、画面を見つめる思歩子の眉《み》間《けん》にしわが寄った。

「今日はなにしてた？」

休日出勤から帰宅し部屋着に着替えた克弥は、洗面所で手を洗いながら思歩子に問いかけた。

これも彼が発するほかの言葉と同様、悪意などまるでない単なる常套句《じょうとうく》なのだ。習慣で訊《き》いているだけ。頭ではそうわかっているものの、思歩子はいちいちいたたまれなさに蝕《むしば》まれる。

「なにって、べつに。いつもどおり。掃除機かけたりスーパー行ったり」

まだ治癒していないかさぶたを剥く作業みたいだ、と思いながら答えた。

克弥は缶ビールを冷蔵庫から出すと、「ふうん」と気のない返事をしてテーブルについた。プルトップを引き上げてひとくち含む。缶を左手に持ったまま皿から口へ箸を動かす。焼き茄子にかかっているのが醬油ではなくてソースでも彼は気付かないかもしれない。

「俺のほうは、井ノ本《いのもと》の尻拭いでたいへんだったよ。――って前に話したよな？ 部の新人の井ノ本。クライアントにいい加減な対応してたことが発覚してさ。向こうの専務がえらいご立腹で。菓子折り持って行ったのって、俺、はじめてかも。個人客のクレーム対応ならともかく、対企業で菓子折りって効果あんのかな」

克弥は味噌汁をずずっと啜《すす》り、話を続ける。

「もうじき一年経つのに、あんなに頭の悪いやつはそうそういないね。四月になって新人がうちの部に入ったらあっというまに抜かれるだろうな。あいつ、どうすんだろ」

　小太りで汗っかきで目蓋《まぶた》がとろんと重い、そんな井ノ本くん像を思歩子は脳内でつくり上げる。彼が克弥に叱られて右往左往しているところを想像すると、胸が痛んだ。

「井ノ本くんだって、新人が入ったら意識変わるんじゃない？　いまは不出来でもどこかで一皮剝けるかもしれないし」

　会ったこともない井ノ本くんへの同情心から、思歩子はついフォローを入れた。

「……ん？　あいつ、そんな殊勝なタイプかなあ。図太いっていうか鈍いから、後輩できても変わらなそう。このあいだも客のところで打ち合わせ中に船こぎ出すし、自覚ゼロだからさ」

　後輩を腐す克弥の言いぶんを聞いていると、同僚に妻の不出来ぶりを吹聴しているすがたをつい想像してしまう。

「うちの嫁って専業主婦で昼間はだらだらしてるし、料理もいまいちで」

　なんて会社の同僚に言いふらしている克弥が頭に浮かぶのだ。身内を卑下することが礼節だと信じて疑わない、古くて悪しき慣習。若い井ノ本くんなどはそれを真に受けて、悪妻をめとった先輩はかわいそうだと同情するのだろう。被害妄想だとわかっているのに、頭のなかの光景は思歩子を責める。

そもそも憐《あわ》れまれて結婚してもらったのだ。私の結婚生活は「憐れまれて」と「してもらった」に挟まれてたいそう息苦しそうだ、と思歩子は他人《ひと》ごとのように考える。

「会社を辞めて、しばらくゆっくりしたほうがいいと思うな」

克弥に言われたときの、全身がずぶずぶ砂に沈んでいくような無力感と、救命浮き輪を差し出されたような安堵感。相反するふたつの感情は、いまでもなまなましく記憶に残っていた。

「仕事辞めたら暮らしていけなくなる」

「じゃあ結婚しようよ」

ひどく後ろ向きなプロポーズだ、と思歩子は思い起こすたびにくちびるを噛む。なにが後ろ向きかって、それを受けた自分自身が、だ。


三日経って、「お客さまの声」には新作が掲示された。

『地下一階のトイレのペーパーがしょっちゅう切れています』

『食器を買ったのですが、梱包が雑で家に帰ったらふちが欠けていました。レジを担当していたのは日用品売り場の栗林さんという女性です』

それに対する返答。

『ご指摘ありがとうございます。補充いたしました。今後とも気をつけてまいります』

『たいへん申し訳ございません。お品ものは交換いたしますので、お手数でございますがレジまでご持参くださいませ』

読み終えた思歩子は、いつもはあまり寄りつかない日用品売り場のフロアへ向かうことにした。エスカレーターを降りて売り場を見渡す。食器の陳列を直している女性店員が目にとまった。彼女が「日用品売り場の栗林さん」なのだろうか、と横目で窺《うかが》いつつ距離を詰める。白髪まじりのごわついた髪をひっつめにした中年女性だ。子どもが手を離れて自分の時間ができ、パートをはじめたのだろう。外での仕事に不慣れだからミスが多いんだろうな、と思歩子は納得した。ふいに中年女性が顔を上げる。その鋭い眼光に違和感を覚える間もなく、彼女は言葉を発した。「栗林さん！　ぼさっとしてないでレジ！」

おろおろとレジに入っていく、本物の栗林さんを思歩子は目で追う。彼女は三十前後、つまり思歩子と同じ年ごろに見えた。その顔に化粧気はなく、髪は安っぽいヘアクリップでひとまとめにしてある。

「いま、これ二回レジに通さなかった？」と棘のある客の声。申し訳ございません、と栗林さんは謝ってレジスターをあれこれ操作しはじめる。

日用品売り場のレジはひとつしかないので、いちど詰まるとやっかいだ。いつのまにか客は列をつくりはじめていた。会計ミスの件はすぐに解決したものの、うしろに並ぶ客たちの苛立ちが焦りを誘発し、栗林さんの動きはますますぎこちなくなる。負のスパイラルだ。さきほどの中年女性店員が横について袋詰めを手伝いはじめたが、しまいには「ちょっと場所かわって」と言って栗林さんと交代した。

そこまで遠巻きに眺めてから、思歩子はレジに背を向けて歩き出す。セール品コーナーにある有名キャラクターを使った鍋が、目にとまった。以前、中国の工場に発注したものとよく似ている。同じ工場でつくったのだろうか、と手に取って検分してみるがわからない。あのときはひどいめに遭った、と思歩子はその商品のことを思い出す。素材も色もデザインも当初伝えていた仕様とはまったく異なるものが上がってきて、対応に手を焼いた。権利関係が厳しいキャラクター商品なので、色味の差異はわずかであっても許されないのに。パッケージの印刷も現地の印刷会社に頼んだのだが、PANTONEで色指定したにもかかわらず、見た瞬間に思わず笑いが洩れるほど色合いが違っていた。

記憶を辿《たど》っているのに、自分がほんとうにそんな仕事をしていたのだろうか、と疑わしく思えてくる。ほんの数年前のことなのに現実味が薄い。うたた寝しているあいだに見た夢のように淡く、とおい。

いや、淡くてとおいのは、生ごみに除菌剤を振りまいてステンレスの蓋《ふた》をするように、みずから記憶を封印したからだ。数年経ったいまだって、蓋をこじ開けて顔を近づければなまなましいにおいが鼻を刺激するだろうし、そこに指を突っ込めばじゅくじゅくと腐っている汚物がまとわりつくはずだ。

私はこのまま、自分をごまかして日々の暮らしに埋没しようと努めるのだろうか、と思歩子は考える。それともいつか、あの蓋を開けて飛び込もうと思える日がやってくるのだろうか。蓋を開けて飛び込む自分、にさっきの栗林さんが重なる。思歩子は背すじがつめたくなるのを感じ、足早に売り場から去った。

ドラッグストアに寄ってガラスクリーナーを購入しても、帰宅して窓ガラス拭きに精を出しても、栗林さんのことが頭から離れなかった。彼女の蒼白な顔色やこめかみをつたう汗や嚙みしめたくちびるが、曇ったガラスの向こうに見える気がした。

白いクリーナーの泡を化学ぞうきんで拭き取って、透明になったガラスがひかりを反射した瞬間、あっ、と思歩子の口から声が出た。栗林さんの横顔と記憶のなかの写真が重なりあって、ひとつの像を結んだのだ。

思歩子は玄関へ向かい、ごみに出すためにまとめておいた雑誌の束の紐をほどいた。しわくちゃになったフリーペーパーを引っ張り出す。地元の情報誌だ。

克弥はトイレわきのラックに読み古した雑誌を入れ、用を足しながらそのページをめくる習慣があった。不衛生なのでやめてほしいと懇願したが、「子どものころからの習慣なんだからやめられないよ」と困惑顔で言われて諦めた。

確かこのフリーペーパーは、半年以上トイレに置かれていたはずだ。思歩子もトイレに入った際に繰り返し手に取り、見るともなく見ていた。先日トイレ掃除をした際に、さすがにもういらないだろうと勝手に判断して、捨てることにしたのだ。表紙を見ると、一年も前の発行号である。ページをめくる。「地元の輝いている女性をクローズアップ！」と題されたインタビュー記事のページで指をとめた。どこかの喫茶店で撮られた写真に写っている女性は、あのスーパーの栗林さんにそっくりだ。プロフィール欄に目をとおす。

栗林基子（くりばやし・もとこ）
一九八一年千歳市生まれ・札幌市在住。小説家。
二〇〇九年に『迷子の弓張月』でデビュー。
現在、雑誌などに小説を発表している。

やはり自分の直感は正しかった、と思歩子は深く頷く。それにしても、作家名も本のタイトルもまったく聞き憶えがなかった。二〇〇九年とは、四年も前だ。それから一冊も出ていないのだろうか。

パソコンを立ち上げ、『迷子の弓張月』で検索してみる。書籍のレビューサイトがひっかかった。かんばしい点数はついていない。

作家業に行きづまり、スーパーでのパートをはじめる栗林基子の生活を、思歩子は想像した。「輝いている女性」には遠い、いまの彼女を。失意を抱え、慣れない仕事に従事している。このあいだ克弥が食事中に貶《けな》していた「後輩の井ノ本くん」のことも脳裏をよぎった。やがて栗林基子と井ノ本くんは溶けあって粘ついた泥となり、思歩子の意識の底へ堆積した。

＊

克弥が会社へ出かけたあとテーブルを布巾で拭いていると、ＵＳＢメモリが置いてあることに気付いた。思歩子はそのちいさなデバイスを手に取る。

昨晩、克弥は持ち帰った仕事にかかりきりだった。明日提案する企画書がまだできあがっていないとかで、思歩子が寝る時間になってもパソコンに向かっていた。

忘れものだとしたら、戻ってくるか連絡をよこすだろう。そう判断し、ＵＳＢメモリをポケットに入れて買いものに出かけることにした。

いつものスーパーに入り、まっさきにご意見ボードへ向かう。

『従業員のかたに声をかけたのですが、無視されました。名札を見ると栗林さんというお名前でした。どういった指導をされているのでしょうか？』

それに対する返答。

『このたびはご不快な思いをおかけしましたことを、深くお詫び申し上げます。本人に注意するとともに、今後そのようなことがないよう指導してまいります。ご意見ありがとうございました』

読んでいるうち、こころの表面を櫛《くし》で梳《と》かされたように、毛羽立っていたものがなめらかに落ち着いていくのを感じていた。後ろ暗い喜びだ、と思歩子は恥じ入る。

日用品売り場まで足を延ばし、栗林さんのすがたをさがした。栗林さんはセールの横断幕を天井から吊り下げようとしていたが破ってしまい、ベテラン従業員に注意されていた。

帰宅すると、ベッドのわきの棚に置いて充電していた携帯電話に着信が数件入っていた。どれも克弥の携帯からだった。留守電を聞いてみる。『克弥です、着信に気付いたら電話ください』と神妙な声が耳に届いた。着信履歴から電話をかける。すぐに繋がった。

「克弥？　ごめん、携帯置いて買いものに出かけてた」

――ちょっと調べてほしいことがあるんだけど。玄関か廊下に、ＵＳＢメモリ落ちてなかった？

「食卓テーブルにあったよ。紺色のやつでしょ？」

――ああ助かった！　それ、午後からのプレゼンで必要なんで、悪いけど持ってきてくれない？　このあと会議だから家に戻る時間がなくて。

思歩子は了解し、電話を切った。化粧をして着替え、出かけることにする。会社の場所は前に待ち合わせをしたことがあったので承知していた。

地下鉄で向かう。オフィスに入り、受付で足をとめた。受付嬢に話しかける。

「営業二部の荻原《おぎはら》の妻です。主人に届けものがありまして」

受付嬢は軽く頭を下げて定型の返事をし、どこかに内線電話をかけはじめた。

少し待っていると、だれかが駆け寄ってくる気配があった。振り向いたところ、予想していた克弥ではなく、就活中の学生みたいなリクルートスーツの女の子が立っていた。

「荻原さんはただいま会議に入っておりまして、代わりに私がお預かりいたします」

と息を弾ませて彼女は言った。

「あ、はい、お願いします。失礼ですが、あの――」

「荻原さんの後輩の井ノ本と申します。いつも荻原さんにはたいへんお世話になっております」

驚きが、濡れたつめたい腕で思歩子の心臓をぎゅっと摑む。「あっ」と声を上げたまま、かたまってしまった。脳内でつくり上げていた、小太りで汗っかきでぼんやり顔の井ノ本くんが、搔き消されていく。

井ノ本と名乗った女の子は、思歩子の動揺に気付かないようすで名刺を差し出した。脇を締めたポーズのせいで、スーツの胸もとはこんもりと窮屈そうに盛り上がる。白いブラウスには濃いピンクのブラジャーが透けていた。

受け取った名刺を凝視する。井ノ本さつき、とある。

名刺から視線を外し、あらためて目の前に立つ女の子を見た。愛嬌のある垂れ目に、ぽってりとみずみずしい赤んぼうみたいなくちびる。克弥がむかし写真集を持っていたグラビアアイドルに、どことなく面差しが似ていた。ミルクを溶かしたような淡く白い肌をしているが、その皮膚の内側にはぎゅっと弾力のある肉が詰まっていそうだ。

「きゃっ」

ちいさな悲鳴が耳に届き、思歩子はわれに返る。ただ立っているだけなのに井ノ本さつきはバランスを崩し、ＵＳＢメモリを落としたらしい。拾おうと屈んだ井ノ本さつきのタイトスカートは無防備にずり上がり、もう少しで下着が見えそうだ。

「井ノ本の尻拭いでたいへんだったよ」「向こうの専務がえらいご立腹で」という克弥の声が耳に甦った。確かに、井ノ本さつきの求肥《ぎゅうひ》みたいな肉感や隙だらけの物腰は、ある種の男性の嗜虐心《しぎゃくしん》をそそるだろう。眉をハの字にして上目遣いするところを見てみたい、と思わせる顔だ。

「あの、では、よろしくお願いしますね」

思歩子は震える声でそう告げた。これ以上見ていたくなかった。すばやく頭を下げ、エレベーターホールへ駆け出す。

「今日はありがとう。おかげでプレゼンは無事終わったよ。先方の反応も良かったし、うまくいきそう」

夕食の席で、克弥はアボカドとトマトのサラダに箸を伸ばしながら言った。

「間に合ってよかった」と思歩子は笑みをつくり、言葉を続ける。

「井ノ本くんじゃなくて、井ノ本さんだったんだね」

一瞬の間。

克弥は視線を宙にさまよわせ、「ああ、……うん」と歯切れの悪い相槌をうつ。

確かに克弥は「新人の井ノ本」の性別には言及していなかった。早合点したのは思歩子だ。

だが、思歩子が「井ノ本くん」と言ったときに、克弥は否定しなかった。誤解を利用しようという算段があったのではないか。

豆板醤《トウバンジャン》と花椒《ホワジャオ》を利かせた麻婆豆腐《マーボーどうふ》が、口のなかで急激に味を失っていく。もしも克弥に疚《やま》しい事情があってのことだったら。克弥と井ノ本さつきが特別な仲なのだとしたら。私はこの家に必要ないのではないか。

そして、この家に求められなくなった自分なんて、どんな価値があるのか。思歩子は椅子に座る自分の足もとに、くろぐろとした穴が広がるのを感じていた。

休日、思歩子と克弥はいつものスーパーに出かけた。克弥は少し離れた大型ショッピングモールへ車で行こうと言ったのだが、思歩子が近くでいいと断ったのだ。

「ちょっと靴下見てくる。一階の出入口のところで集合ってことで」

克弥はそう言うと上階行きのエスカレーターに乗った。その背なかが視界から消えるのを見送ってから、思歩子はまっすぐご意見ボードへ向かう。ショッピングモールではなくいつもの店に来たがったのは、これが目的だった。

『前に入口のところに置いてあった自転車の空気入れ、いつのまにかなくなっていましたが、また置いてほしいです』

『日用品売り場の女性従業員のかたの手際が悪く、レジがすぐに混雑します。急いでいるときはとても苛立ってしまいます』

それに対する返答。

『自転車の空気入れは、毎年冬のあいだのみ撤去しています。来月から設置しますので、しばらくお待ちください』

『いつもご利用ありがとうございます。不愉快な思いをさせてしまい、たいへん申し訳ございません。厳しく指導していきますので、ご了承ください』

思歩子は地下の食料品売り場へ向かう。考えごとをしながら手早く夕食の買いものを済ませると、ふたたびご意見ボードの前へ戻った。正確には、ご意見ボードの横にある台の前へ。用紙を一枚取り、備え付けのボールペンを握る。すらすらとペンは紙のうえを滑り、文章をつくっていく。熱中していた。だから、背後から近づくひとの気配に気付かなかった。

背をぽんと叩かれ、弾《はじ》かれるように振り向くと、克弥が立っていた。

「なに書いてんの」

克弥は思歩子の手もとを覗き込む。

「……お客さまのご意見？　思歩ちゃん、苦情でも書くわけ？」

とっさに手で隠したが、克弥はその手を持ち上げて読み上げる。

「日用品売り場の栗林さんの顔つきが不愉快です。陰気な顔で接客されると、こちらの気分まで暗くなります。――ってクレーム？　しかもずいぶんきつくない？　なにこれ」

「いや、ちょっと、あまりにもひどかったから」

しどろもどろになって弁解する。

ふうん、と克弥は返事をしたが、納得のいかない顔だ。

思歩子は彼の詮索から逃げるようにうつむいた。

このあいだ売り場で栗林さんを認識してから、ほぼ毎日、思歩子は彼女に関する苦情を書いてはお客さまのご意見入れに投函していた。いま貼り出されている意見も、思歩子が書いた。その前のものも。

「……今日、外食にしよっか」

スーパーの外に出て、克弥は言った。

「え？　もう買いもの済ませたのに。ドライカレーと中華スープとサラダの材料」

「明日つくればいいじゃん。なに食べたい？　中華？　焼き鳥？　イタリアン？　蕎麦《そば》？」

最初に向かったイタリアン居酒屋は満席だったので、その近くの焼き鳥屋に入った。克弥は串の盛り合わせやモツ煮やラーメンサラダや厚焼き玉子などをつぎつぎと注文し、ビールのジョッキを空にする。この一食で何日ぶんの食費になるだろう、と頭のなかで計算しつつ、思歩子もつくねの串をつまみ、ジョッキを傾ける。

近くの空きテナントにどんな店が入ったら嬉しいか、ということについてしばらく話していたが、ふと会話が途切れた。克弥は少しためらうようなそぶりを見せたのち、ビールで口を潤し、そして言葉を発する。

「思歩ちゃんさ。どうしてあのころ、あんなに病んでたわけ？」

彼がなんの話をしたいのかすぐにぴんときた。あのころ、とは克弥がプロポーズを切り出した時期のことだ。だが思歩子は、わざときょとんとした顔をつくって首を傾げる。

「俺よりも仕事が好きで、休みの日もデートそっちのけで語学とか猛勉強して、希望の部署に引き抜かれて活躍して、でも自分の力を試したいからってあっさり辞めて、望んだ会社に転職したのに」

克弥の声が引き金となって、思歩子のなかに記憶があふれ出す。

大学を出て最初に就職したのは、ある財団法人だった。海外留学していたため就職活動に出遅れてしまい、親戚に紹介してもらったのだ。そこは天下りの老人の巣窟《そうくつ》で、棺桶《かんおけ》に入るまでの暇潰しのような職場だった。そのなかで、いつもパソコンに向かって黙々と作業をしているひとがいたので、どんな仕事をしているのだろうと思歩子はひそかに気にかけていた。あるとき背後から覗くと、画面に映っているのはトランプゲームのソリティアでひどく脱力したのだった。

思歩子は定時まで時間を潰すため、わざと緩慢に報告書を作成していた。作成、といっても、前年の報告書の数字や写真を差し替えるだけの作業だ。おじいちゃん連中は孫のようにかわいがってくれたが、日に日に自分が腐っていくような錯覚に苛まれた。同世代はもっと厳しい場所で揉まれているはずだ。ここにいてはいけない、焦りはどんどん膨らんでいった。

その職場に就職するときは、「雇ってくれるところならどこでもいいから」と思っていた。つぎは同じ失敗はしたくなかった。自分はなにがやりたいのだろうか。そういえば、むかしからインテリアが好きだ。インテリア雑誌を見たり、インテリアショップをうろついていると、恍惚《こうこつ》として満たされた気分になる。インターネットブラウザに登録しているブックマークのうち、半数以上は海外のインテリアブログだった。できればバイヤーとして世界を飛びまわり、自分が惚れ込んだ商品を売り込みたい。

そう決めたら、あとは早かった。第二新卒として転職活動を行うかたわら、英会話をやり直し、製品開発の場で必要となるかもしれない中国語にも手を出した。

努力が実り、インテリアの製造小売り会社の内定をもらえたが、新入社員の大半は店舗勤務で思歩子も例外ではなかった。がっかりしなかったわけではないけれど、チャンスがおとずれる日に向けてそなえることにした。語学は引き続き学び、社内のアイデアコンペではだれよりも多くのすぐれた案を出そうと躍起になった。

克弥と出会ったのはこのころだ。だから彼は、ただ前を向いて突き進もうとしていた私を好きになったのだ。思歩子の胸が、つめたく軋む。

入社三年でのバイヤー配属は、異例の抜擢だった。花形だから希望者が多いのだ。思歩子は有頂天になったけれど、配属されてからがたいへんだった。中国工場との神経がすり減る折衝。原価率や売り上げ予測といったシビアな数字との闘い。でも、自分の手がけた商品がヒットを飛ばしたときの喜びは、格別だ。

「やっぱり小さい会社じゃ仕事に満足できなかった？」

克弥の声に一瞬だけ意識を現実に戻す。

彼の顔を見上げ、思歩子は首を振って否定した。

――月日とともに、自分が扱っている商品への不満が出てきた。大型量販店だから、最大公約数的な商品が中心になる。適度に気の利いたアイテム、適度に目新しいデザイン。尖ったデザインや高価な商品は扱えない。キャラクター入り食器だとか安っぽい化粧板のデスクだとか、自分の家には置きたくないようなものも多く手がけていた。むしろほとんどの商品はそうだった。

ある日、インターネットでインテリアブログを辿るうちに、とても素敵なネットショップを発見した。会社概要のページを見てみると、所在地はこの街である。偶然とは思えなかった。思歩子は昂奮した。社員募集はなかったが、サイトに載っているメールアドレス宛てに、御社に転職したいという旨のメールを送った。現在勤めている企業の名や仕事内容が先方の興味を惹いたらしく、欠員がなかったにもかかわらず思歩子は採用された。

「……違ったの」

思歩子はとなりのテーブルの酔っぱらいたちの喧噪にかき消されるような声で、ぽつりと呟いた。

「え？」

と克弥が聞き返す。

「仕事に満足できなかったんじゃない。まったく通用しなかったの」

思歩子は転職先の会社でまったく通用しなかった。前の会社よりも格段に規模が小さく、取引相手は国内の職人中心だから海外とのやりとりもないのに。やることなすこと、すべてが空まわりした。企業風土が違うとここまで仕事のこつが異なるのか、と思歩子は戸惑った。

「向こうも私の経歴を見て即戦力として雇ったんだから、見込み違いで戸惑ったと思う」

交渉はことごとく決裂した。なんとかかたちになった商材も、まったく在庫が動かなかった。すっかり萎縮した思歩子はほかの社員との意思疎通も次第に困難になっていった。最終的に割り振られたのは、通販サイトの記載に誤りがないかチェックする係だった。もともとそんな係はなかったが、思歩子のために設けられたのだ。

毎日ひたすら同じサイトをすみからすみまで眺める日々。ふと、既視感を覚えた。いまの仕事は、なにかに似ている。

──あ、最初の会社と同じなんだ。

そう気付いた瞬間、ぷつん、と思歩子の電源が落ちた。

電源が落ちたままの状態で呼吸し続けて、もうすぐ一年になる。

あまり飲酒はしない思歩子だが、いつになく飲みすぎてしまった。忘れ去ろうとしていた厭《いや》なことを思い出してしまったせいだ。居間のソファに寝そべって酔いを醒ます。シャワーの音が聞こえる。克弥は風呂に入っているようだ。眼を瞑《つぶ》って目眩《めまい》をやりすごしていると、ある顔が目蓋に浮かんだ。──スーパーの栗林さん。

思歩子は起き上がり、パソコンに向かった。検索サイトを開き、栗林基子、とタイプする。前に作品名で検索したことはあったが、栗林基子の名で調べたことはなかった。検索結果が表示される。そのいちばん上をクリックした。本人がやっているとおぼしきブログ。パソコン画面に顔を近づけ、最新の記事に目をとおす。

こんにちは、栗林基子です。最近、私の生活は一変しました。スーパーマーケットを舞台にしたミステリを書くため、取材を兼ねてレジのパートをはじめたのです。外で働くのはほんとうに久しぶり。レジ業務ははじめてなので戸惑うことが多く、叱責されることもありますが、内心「いいネタになるわあ」とほくそ笑んでいます。動機が不純な従業員で、同僚やお客さまには申し訳ないと恥じ入りつつ。

思歩子はマウスから手を離し、天井を見て、しばらく呆然としていた。

すべては勝手な思い込みだった。栗林さんは食い詰めてやむなくパートをはじめたわけではないし、それどころか足手まといとなっている現状を愉《たの》しんでいるようだ。見かけによらず、なんてふてぶてしいのだろう。

パソコン画面に視線を戻して、ブログ記事に続きがあることに気付く。スクロールして読む。

——来月頭には新刊『アゴナールの午後』が刊行されます。新境地の医療ミステリです。循環器科の医者である夫の意見も参考にして書きました。詳しくは次回の更新で！

さすがに笑いがこみ上げてくる。独り相撲にもほどがある。

レジで戸惑う栗林さんを見かけてから、勝手に自分のすがたを重ねていた。もっと踏ん張れたのではないか、自分は甘えていたのではないか――そんな後悔を「お客さまの声」を書くちいさな紙にぶちまけた。栗林さんをいたぶりたいという欲求は、思うように働けなかった自分への復讐だった。まるっきり、見当違いだったけれども。

――もうクレームの文面を考えなくていいんだ。

驚きが去ったあと、こみ上げたのはそんな感慨だった。ほっと肩が軽くなる。

思歩子はパソコンをシャットダウンし、顔を上げた。部屋を見渡す。この部屋の家具類は、克弥が主導権を握って購入した。もうインテリアのことなんて考えたくもなかったから。

なんてみっともないソファだろう。カーテンの柄におぞけがこみ上げる。克弥はなにを思ってこんなインテリアにしたのか。よくもまあ、こんな部屋で一年も暮らせたものだ、と自分自身が信じられなくなる。絵も植物もない部屋はとても貧しかった。

思歩子は深呼吸する。――よし、決めた。一個ずつ、本心からいとおしいと思える家具に、買い換えていこう。そのためには、後ろめたさを感じずに自由に遣えるお金が必要だ。スーパーのパートでもいい。またイチからはじめればいいのだ。

花屋の店先には、とりどりの切り花が競うように咲き乱れている。春が近い、と思歩子は湧き上がる思いを噛みしめた。週明けには面接の予定が入っている。百貨店の契約社員だ。本格的に春を迎えるころには、新しい自分に出会えているといい。そう願う。

*

「ちょっと待って」

思歩子はとなりを歩いていた克弥を呼びとめた。

「お、買うの?」

「うん、景気づけのつもり。……すみません、この花を一本」

思歩子は空色の可憐な花弁を持つ花を指した。

若い男性の店員が新緑のような笑顔を向けて、「ブルースターを一本ですね、二百五十円です」と答える。

思歩子は財布を開けた。小銭がなかったので千円札を取り出す。朱い指紋がついたお札で、一瞬ぎょっとした。いつだったかコンビニでお釣りとして受け取った千円札だ、と思い出す。こんな汚れたものはさっさと手放したほうが、きっと縁起がいい。

「茎を切ると白い液が出て水揚げの邪魔をするので、切り口をよく洗い流してくださいね」と店員が言い、思歩子は頷いた。

――その花、前に井ノ本が穿《は》いていた下着に似てるなあ。

嬉しそうな妻を尻目に、克弥の頭にはそんな考えが浮かんでいた。あの子は薄いブルーのショーツを穿いていた。花のレース飾りもついていた気がする。しかも切ったら白い液が出るなんて、精液みたいで卑猥じゃないか。

一夜かぎりのあやまちとして、井ノ本のことは思い出を入れる箱に片付け鍵をかけたつもりだった。だが、吸いつく肌やよだれをあふれさせる性器や甘く扇情的な声色を思い出すと、少し惜しい気持ちになる。

克弥は顔を上げ、透明な陽射しに眼をすがめた。井ノ本のことは発覚せずに済んだし、しばらく塞ぎ込んでいた思歩子もここのところ晴れやかな微笑を浮かべているし、大団円じゃないか。自分にそう言い聞かせ、雪のしたからようやく顔を出したアスファルトを踏みしめる。

「克弥、のろのろ歩いて考えごと？」

振り向いて夫に話しかけた瞬間、よく知った顔が思歩子の視界に飛び込んできた。栗林さんだった。スーパーで見たときとは別人のように颯爽とした面差し。その右手が幼稚園児ぐらいの女の子に繋がれていることに気付いて、仰天した。

べつに驚くことじゃない、と思歩子は自分に語りかける。だって、彼女と私はまったく違う人間なのだから。

思歩子は彼女に向かって笑いかける。栗林さんは不審そうな面持ちに変わったがぎこちなく頭を下げ、そしてふたりはすれ違った。

# 第三話　カフェ女につけ麺男

新規オープンした飲食店の三年以内の廃業率は約七割、さらに開業十年後の生存率は一割程度、と開店の準備をしているころにだれかから聞いた。正しい数値かどうかは知らない。大げさに言っている可能性は高いが、あながち的外れな数字でもないだろう、といまの絹代《きぬよ》は思う。なかでも喫茶店は比較的開業しやすいぶん失敗も多いらしい。

絹代の北欧カフェ「MOIKKA!」も、健闘むなしくその多数派のほうに飲み込まれてしまった。三年も保たなかった。一周年を待たずして、資金は焦げついた。最後のほうはたったひとりのアルバイトを解雇し、アパートを引き払って店で寝泊まりし、資金繰りに奔走したが、それでもどうにもならなかった。

家具はあたたかみのあるウォールナット材のもの（ほんとうは北欧のヴィンテージ家具を入れたかったのだが予算が足りなかった）、テーブルクロスはマリメッコやボラス、食器はイッタラとアラビア、飾り棚にはリサ・ラーソンの動物オブジェ。コーヒーはフィンランドのロバーツコーヒー、フードメニューはニシンマリネのデンマーク式オープンサンドに、ヴォイシルマプッラというフィンランドのカルダモン入り菓子パン、フィンランド風ミートボールとマッシュポテト、「ヤンソンさんの誘惑」と呼ばれるスウェーデンの家庭料理、エトセトラ、エトセトラ。

コンセプトを明確にすることが大切です、とカフェ経営の指南書には記されていた。だから可能な範囲で完成度を高めたつもりだ。なにがいけなかったのか、絹代にはいまだにわからない。北欧というテーマがありきたりで埋もれてしまったのか。逆にこだわりすぎて客を選ぶ店になってしまったのか。

大好きな洋服や旅行を我慢し、映画はＤＶＤレンタルで済ませ、飲み会のたぐいは極力断り、爪に火を灯すように十年かけて六百万の開業資金を貯めた。カフェ経営のためのスクールは資金に余裕がなかったので入学を諦めたが、独学でコーヒーの淹れかたや料理を研究し、食品衛生責任者の講習を受けて資格を取得した。店舗の物件も時間をかけてさがした。こぢんまりとした居抜きではあるものの、内装にはこだわった。

「やめてよユッキー、いまはそういう気分じゃないの」

壁ごしに聞こえるまさみの不機嫌そうな声が、絹代の意識を現実に引き戻す。

「もう機嫌直せよ。な？　まさみちゃーん」

これはまさみの彼氏のユッキー。
「しつこいなあ。あっ、駄目だって、うぅん」まさみの声がくぐもって甘ったるくなってい
く。「……んっ、ふう。ユッキーのばかぁ」
　絹代は体育座りのまま壁ににじり寄り、耳をくっつけた。指をスウェットのパンツのなか
に差し入れる。眼を閉じて下着のクロッチ部分をなぞってみた。「あっ、そこは、ふぅん」
と壁ごしに聞こえるまさみの息遣いから状況を想像して、中指を動かす。下着は少しだけ湿
り気を帯びてきたが、気持ちはなかなか昂ぶらない。
　絹代は阿呆らしくなって手を引き抜き、乱暴にイヤホンを耳の奥へねじ込んだ。聴くのは
九十年代に日本でも流行ったスウェーデンのバンド、カーディガンズのCDだ。甘くキュー
トな女性ボーカルの歌声が流れて、隣室の嬌声をかき消してくれる。店が駄目になってから、
意欲だけでなく性欲までしぼんでしまったようだった。彼氏が欲しいとも思えない。このま
ま自分はあらゆる意味で枯れていくのか、と考えると少し哀しかった。
　まさみと彼氏のユッキーが暮らすマンションの一室に、絹代は住まわせてもらっている。
言い争う声や仲直りセックスもすべて筒抜けだ。家賃一万円なので文句は言えない。いま追
い出されたら路頭に迷うことになる。あるいは実家に帰るか。どちらも避けたかった。
　ラブミーラブミー、と歌を口ずさみながら、ストックホルムのアパルトマンの写真を集め

たインテリアブックをめくる。何度も繰り返し眺めた本だ。ふと、ひとの気配を感じて顔を上げると、薄く開いたドアからまさみが覗いていた。

「ごめん、何度かノックしたけど返事なかったから」

「ああ、音楽聴いてたの」

と返して絹代はイヤホンを外した。てっきりセックスをおっぱじめたのかと思ったが、中断したのか。それともこの数分のうちに終わったのだろうか。早すぎる。

「絹ちゃんに話したいことがあるんだけど」

まさみは大きい眼をきょろきょろ動かして室内を窺《うかが》いながら切り出した。

「なになに？　言ってよ」

出て行ってほしいとか、家賃の値上げの話だったら困るな、と内心怯《おび》えつつにこやかに促す。

「ユッキーの知り合いに、絹ちゃんと同じような境遇のひとがいるらしいの。お互いにいろいろ参考になるだろうから、会ってみたら？」

「同じような境遇って？」

「お店うまくいかなくて畳んだんだって」

商売に失敗した人間と傷を舐めあってどうするのか。いろいろ参考になる、って具体的にどういうことなのか言ってみろ。絹代は舌打ちしかけたが、なんとかこらえる。

　まさみにはこういうおせっかいなところがあった。もしも絹代に難病が発覚したら、同じ病気の患者が集うサークルをさがしてきて参加を勧めるのだろう。その手の親切を喜ぶ人間もいるのだろうけど、絹代はそうではなかった。まさみとつきあっていると、地獄への道は善意で舗装されている、という言葉がときどき脳裏をよぎるのだ。

「今度そのひとをうちに呼んで、いっしょに鍋パーティやってもいい？」

「いいよいいよ、そもそもまさみとユッキーの家なんだから、私の意見なんて気にしないで。気を遣ってくれてありがと」

　絹代は腹のうちを隠してほがらかに言った。

　発達した大胸筋を見せつけるようなぴたぴたの黒いTシャツ、鳥のくちばしを連想させる鷲鼻《わしばな》にどんぐりまなこ、濃い眉毛、陽に焼けた肌、頭頂部を鶏冠《とさか》のように立てた短髪。週末にユッキーに連れられてやってきた赤井豪輔《あかいごうすけ》は、どこをとっても暑苦しかった。

　絹代は好みの男性のタイプを「色白で線が細く黒縁眼鏡をかけていてちくま文庫が似合いそうな青年」と定めている。つまり赤井豪輔は対極に位置する。

　しかも「うまくいかなくて畳んだ」お店とは、つけ麺屋らしかった。偶然にも絹代はつけ麺を忌み嫌っていた。食べものとしても、カルチャーとしても。

「『俺流つけ麺　豪炎《ごうえん》』って、イトーヨーカドーの並びにあった店ですか？　毛筆体の木の看板の」

絹代はカレー鍋にキャベツを投入しながら訊《たず》ねた。そういえばここ数週間、そのつけ麺屋が開いているのを見たことがない。そうか、潰れたのか。

「北欧カフェってあれだろ、花屋のとなりだろ。腐った木みたいな店がまえの」

赤井豪輔は鶏肉をぽいぽい入れながらそう返す。

「腐ってるわけじゃありません、わざとシャビーな風合いに塗装しているんです」

「シャビーってなによそれ」

彼の店と絹代の店は、五百メートルも離れていなかった。いままで面識がなかったことが不思議なくらいだ。

「あそこって前も違うラーメン屋でしたよね？」

「あそこって前は莫迦《ばか》みたいに高いハンバーガー屋だっただろ？」

ふたりの声が二部合唱のように重なった。向かいに座っているまさみとユッキーが笑う。

「なんかダブルデートみたい」とまさみ。

「ふたりともいまフリーだろ、つきあっちゃえば？」とユッキーがけしかける。

「厭《いや》です」「厭やわ」

また声が重なってしまい、よけい気まずくなった。

「だいいち店の名前が『もいっか！』ってなんだよ、最初から諦めてるやん」

と赤井豪輔が言い出す。

溺愛していた自分の店をからかわれ、絹代は憤然とした。

「『MOIKKA!』はフィンランド語で『やあ！』みたいな軽い挨拶なんです。もういいか、って意味じゃありません。そっちこそ俺流つけ麺って恥ずかしくないですか？」

「恥ずかしいって、なにがだよ」赤井豪輔は眼を泳がせる。

もうちょっと虐めてやろう。

「そもそもつけ麺ブームってもう終わったんじゃないですか」

「あほなこと言うな、つけ麺は一過性のブームではなく食文化として定着したんだよ。円熟期っちゅうことやな。そっちこそ、なんで北欧なんだよ、そんなとこ寒いだけやん。しかもイメージと違ってけっこう治安悪いんだろ？　前に日本のミュージシャンがスウェーデンでパイナップルの着ぐるみ着てPV撮影してて、休憩中に強盗に殴られたじゃん。こえーよ。移民問題も深刻らしいやん。福祉の充実を讃えるやつが多いけど、そのぶん貯金ができないぐらい税金高いってさ」

絹代は箸を置き、大げさにため息をついた。この男はアルネ・ヤコブセンもアルヴァ・アアルトもアキ・カウリスマキも知らないだろう。

「『かもめ食堂』観たことありますか?」

思いきりハードルを下げたつもりの質問に、赤井豪輔は「なんやそれ、かもめ肉でも出すんか」と小莫迦にした口調で返した。

ところどころ関西弁らしきものがまじるので関西出身なのかと問うと、生まれ育ったのは北関東だと言う。「ガキのころから関西の笑いが好きやったから、自然と移ってもうた」とうそぶかれ、ますますうんざりした。

ビールの空き缶がテーブルに溜まっていくにつれ、絹代の口は悪くなっていった。

「背脂《せあぶら》やにんにくどっさり入れたり、魚粉ぶっかけたり、二郎系の野菜てんこ盛りとか、ラーメン文化ってマジでどうかしてる。『天空落とし』とか『燕返し』とかの湯切りパフォーマンス、よくあんなこと素面《しらふ》でやれますよね。そのくせなぜかBGMがジャズだったりするし。そのなかでも、つけ麺は最低最悪。極太の麺が大量に盛られて炭水化物過多にもほどがあるし、その麺を食べ終わったらぎとぎとのつけだれをスープで割って飲むんだよ、塩分どれだけ取れば気が済むの。化学調味料で味覚破壊された人間の食べものでしょ。食べものっていうよりむしろ餌?」

勢いにまかせて喋りながら、ああ自分はストレスが溜まっていたんだなあ、と気付く。店を潰した失意と、居候暮らしの息苦しさと。

「嫌いなわりに詳しいじゃん」

赤井豪輔は酒に弱いのか、目もとを赤く染めてさっきから生あくびばかりしていた。

「まあまあふたりとも。初対面とは思えないよね、話弾んでて」顔を引きつらせたユッキーが話に割って入る。「破《わ》れ鍋に綴《と》じ蓋って感じでいいんじゃない？　カフェ女につけ麺男」

とまさみが同調した。

「なにそれ」

ぎろっと睨むと、まさみは「やーんこわーい」とおどけてユッキーの腕に抱きつく。

酷《ひど》い頭痛で目が覚めた。起き上がると、あらゆる臓器がアルコールの風呂に浸かっているような状態だ。昨晩、どうやって会がおひらきになったのか憶えていない。玄関を覗くと赤井豪輔の靴が消えていた。彼は泊まらずに帰ったらしい。絹代は水を飲んで血中アルコール濃度を薄めようと、台所に向かった。

「あ、絹ちゃん起きたんだ、おはよ。すごい顔してるけどだいじょうぶ？」

台所ではまさみがコーヒーを淹れていた。昼近い時間なのにまさみが家にいるということは、今日は土曜日なのか。

「最近ぜんぜん呑んでなかったから、お酒に弱くなったみたい。すごく気持ち悪い。あとでアルコール抜くためにお風呂入ってもいい？」

「うんいいよ。それにしてもあんなに愉《たの》しそうな絹ちゃん、久しぶりに見た。赤井さんと話が合うみたいでよかったね」

「話が合う？　あれは売り言葉に買い言葉っていうの」

そう吐き捨てて一気にコップの水を飲み干した。つめたい水が五臓六腑に染みわたり、生き返った心地がした。

「絹ちゃん、招待状とかってデザインできる？」

唐突なまさみの話に、絹代は振り向いた。

「披露宴の？　うん、できるよ。なんだったらペーパーアイテム一式やってあげる」

まさみとユッキーの結婚披露宴は、半年後の予定である。

「助かる、お願いします。急ぎじゃないからゆっくりつくってね。私、そういうものの相場ってぜんぜんわかんないんだけど、どのぐらいのお礼を考えておけばいい？」

「安い家賃で住まわせてもらってるし、ただでやるって」

「悪いよ、だって絹ちゃんはプロなんだから」

「元プロだけど、いまはプロじゃない」

そう言うと浴室へ向かった。浴槽を洗って湯を張り、タイマーをセットする。

ふたたび布団にもぐってうだうだしていると、タイマーが鳴った。服を脱いで風呂に浸かる。長い息を吐いた。請け負った披露宴の招待状を、どうデザインしようかと思案する。

カフェをはじめる前、絹代は広告デザイナーだった。デザイナーという横文字の職業ではあるが、下請けの下請け、といった仕事内容だ。連日午前二時三時まで、スーパーやパチンコ屋の折り込みチラシをしこしことつくる毎日。修正前の古いデータを印刷会社に送ってしまい、間違ったチラシがばらまかれて謝罪行脚《あんぎゃ》したことも何度かあった。

月に数回の休日にカフェを巡ってぼんやりコーヒーを飲むのが、かつての絹代にとって唯一の潤いだった。いつしか、自分もこういう店を開いてゆるゆると流れる穏やかな時間に身をゆだねたい、と夢見るようになった。実際の飲食店経営は、「ゆるゆる」でも「穏やか」でもなかったのだけれど。

湯を手ですくって顔を洗い、「破れ鍋に綴じ蓋、か」と呟いた。きのうまさみに言われた言葉が、引っかかっていた。

まさみに破れ鍋だと思われているのだ、と重く受けとめる。まあ、それもしかたないだろう。いまの身分はフリーターで居候。三十四歳にして貯金はゼロ。さらには借金がある。結婚の予定どころか、彼氏すらしばらくいない。店が軌道に乗るまでは彼氏禁止、と律していたのだが、いま思うと縁遠い自分に対する言い訳だったような気もする。

まさみはああ見えて地方銀行に勤めているし、長いつきあいの恋人と結婚間近だし、それに絹代よりも三つも年下だ。来年には四捨五入すると四十のくくりに入ってしまう絹代にとって、たった三つでも彼女の若さはねたましかった。先日まさみは「三十になる前に結婚したかったのに、遅くなっちゃったなー」などとのたまっていたが、なんて傲慢《ごうまん》な発言なのだろう。まさみに比べたら、自分なんてこなごなに割れて不燃ごみに出される百円ショップの土鍋みたいなものだ。

消えちゃいたいなあ、と呟き、絹代はざぶんと頭まで湯に潜る。

今日はバイトが休みだ。生活費を稼ぐため、当面の繋ぎとしてはじめたドラッグストアのバイトである。店を潰して三か月が経過したが、いまだに今後のことを考える気分になれない。ずるずるとバイト生活を続けてしまいそうな気配があった。

風呂から上がった絹代は服を着て髪を乾かすと、スニーカーを履いて玄関を出た。まさみやユッキーが家にいる日は、できるかぎり外出するようにしていた。居候なりの配慮である。とくに行くあてはないし、お金を遣いたくないので選択肢は限られている。近所を散歩したり、公園のベンチに座って持参した水筒のコーヒーを飲んだり。

今日も近所を徘徊《はいかい》するつもりだった。花屋の前にさしかかる。このとなりに自分の潰した店がある、と意識すると足どりが重くなった。うつむいた絹代の眼差《まなざ》しをなにかがとらえる。――千円札だ。千円札が花屋の前の歩道に落ちている。

周囲を窺った。どうやらだれもこのお札の存在に気付いていないようだ。靴ひもを結ぶふりをしてしゃがみ、わずかに残った雪にまみれた千円札をすばやく拾ってウィンドブレーカーのポケットにねじ込んだ。いまの自分にとって、千円は貴重なお金だ。

旧「MOIKKA!」の前を通り過ぎた。心臓がばくばくと騒ぐ。一瞬だけ、ちらりと視線を向けた。まだつぎの入居は決まっていないらしく、絹代が家具や什器《じゅうき》を搬出したときのままの状態だ。

薄曇りの空を見上げて嘆息した。ウィンドブレーカーのファスナーをいちばんうえまで上げ、肩をいからせて歩く。デニムスカートのポケットのなかで携帯電話が震えた。取り出して画面を見ると、赤井豪輔、と名前が表示されている。いつのまに電話番号を交換したのか。

「はい？」

不機嫌そうな声が出てしまった。

――赤井だけど。何時に来られそう？

「へ？　何時って？　どこに？」

——きのう約束しただろ。もしかして憶えてない？　自分、かなり酔ってたっぽいもんな。

「約束ってなに？」

赤井豪輔の話によると、昨夜「明日が物件の退去日だけど、独りだと落ち込みそう」とこぼした赤井豪輔に対し、絹代は「だったら私がつきあうよ」と申し出たらしい。どういうつもりで自分がそう言ったのかは、いまとなっては不明である。

——憶えてないならええわ。じゃあまた。

と彼は電話を切りかける。

「ちょっと待って。いま、あんたの店の近くにいるから、これから向かうよ」

と絹代はあわてて言った。赤井豪輔はあまりいっしょにいたいタイプではないけれど、時間潰しができるのはありがたい。


「ほな、乾杯！」

豪輔の声に合わせ、発泡酒の缶と缶をぶつけあった。

「まだ私、きのうのアルコールが抜けきってないんだけど。迎え酒ってやつ？」

ぶつぶつ言いつつ、絹代は発泡酒の缶に口をつける。

看板を下ろす作業を見守るのだろう、と想像して軽い気持ちで旧「俺流つけ麺 豪炎」をおとずれたのだが、店内はかろうじて什器が撤去されているものの、掃除は終わっていない状態だった。絹代は「労働には報酬を支払うべき」と文句を言いつつ、油にまみれた壁や床をていねいに雑巾がけした。すべての片付けが終わってから近所のスーパーで酒を購入し、売れ残りのチャーシューやメンマや高菜を床に並べて酒盛りを開始、というわけである。

「悪いね、掃除手伝ってもらっちゃって」

「賃金払ってもらいたいぐらいだわ」

豪輔は早くも新しい缶に手を伸ばしている。二缶め以降はさらに安い第三のビールである。困窮しているのはお互いさまだった。

話題は、スーパーの前に停まっていたメロンパンの移動販売車のことに変わった。

「あれってフランチャイズだからいろいろ厳しいらしいね」と絹代は発言する。

「個人で好きなもの販売すればいいのにな」

「私だったら鯛焼き売りたい」

「おっ、いいやん鯛焼き」

はじめて意見が一致した、と驚きながら絹代はメンマをビールで喉に流し込む。

「基本の餡やクリーム以外にも、インドカレーとか変わり種もメニューに入れて」

「車はフォルクスワーゲンのミニバスやな」

「そうそう！　それの黄色いやつ！」絹代は勢い込んで同意する。映画『リトル・ミス・サンシャイン』に出てきた愛嬌たっぷりのおんぼろワーゲンバスを思い出して、愉しい気分になった。新しい缶を手に取り、プルトップを持ち上げながら言葉を続ける。

「鯛焼きはかわいいけど、でももっとオリジナリティのある特注の型のほうがいいかも。不二家のペコちゃん焼みたいな」

「時計台焼きとかテレビ塔焼きにして、観光客狙うっちゅうのは？」

「あー、それいいかも。中身もコーンクリームとかラベンダークリームとか、北海道っぽくして」

「ラーメン入りとか？」

「ここに来てまたラーメン？　それは却下します」

「自分、ほんまにラーメン嫌いやなー」

「車体やメニューのデザインは私にまかしてよ。いちおう元デザイナーなんで。とびっきりお洒落《しゃれ》でかわいい車にしてあげる」

「犬飼ってさ、看板犬として車の横に繋いでおこう。俺、ビーグル犬がいい」

夢見るような眼差しを、がらんと空っぽになった店内に向けて赤井豪輔は呟いた。

「犬は衛生的にどうかなあ。犬嫌いのひともいるし、ビーグルってけっこう吠えるよ」

「そんなならジャーマン・ポインター」

「もう、犬の種類が問題なんじゃないって」

絹代は笑って赤井豪輔の背を叩こうとした。しかし酔いのせいでバランスを崩し、彼の背なかに抱きつくようなかたちになる。鼻さきが赤井豪輔の肩にあたった。ほんのりと、夏草みたいな体臭が鼻腔《びこう》をくすぐる。もっと嗅いでいたい、とっさにそう感じた自分に絹代は驚いた。

「おいおい、いきなり体当たりかい」

赤井豪輔の声と口もとは笑っているが、眼にはナイーブなひかりが揺らいでいる。こちらの出かたを窺うような甘えがかいま見えた。

絹代の臍《へそ》のしたあたりに、ぽっと焔《ほのお》が灯った。久しぶりの感覚だ。ふいに加虐的な気分がこみ上げる。

「ねえ、赤井さんっていままで何人とつきあった？」

声を少しひそめて質問してみた。あまり女慣れしていないな、と初対面のときから感じていたのだ。

「なんだよ急に」

「いいから答えて」

「ひとくちにつきあうっていっても、どこからがつきあってるって言えるのか――」

「三十すぎてなに中高生みたいなこと言ってんの。まさか童貞？」

「いや、童貞じゃない」急にきっぱりとした口調になる。

「じゃあ素人《しろうと》童貞？」

「素人とか玄人《くろうと》とかそういうの……」

「当たりなんだ？」

赤井豪輔はあぐらをかいている膝に手を置いて黙り込む。苦手なタイプの男であることに変わりはないが、狼狽《ろうばい》している顔はあんがいかわいらしく見えた。

「ねえ、しよっか」彼の耳もとで囁いた。自分がうぶな男をたぶらかす魔性の女になったようで、そのことに昂奮してますます肌は熱くなる。

「しよっか、って、そんな、かんたんに言うけど」

間抜けな言葉を洩らす彼のくちびるを強引にふさいだ。ぽってりと厚いくちびるの見た目は気に入らないが、やわらかく沈み込む感触に絹代は陶然と目蓋《まぶた》を伏せる。たっぷり味わってから、くちびるを離した。

「……自分、ずいぶん積極的やな」

　赤井豪輔は照れ隠しのように呟いて頭をばりばり掻《か》く。

「ひとつお願いがあるんだけど」絹代は眼を開けて彼を見据え、言った。

「なんや？」

「そのインチキ関西弁やめて」

「……わかった」

　絹代は彼のベルトとジーンズのホックを片手で器用に外し、ファスナーを下ろす。その奥のボクサーパンツに手を伸ばした。やわらかい布ごしに感触を確かめ、「へえ、けっこう宝の持ち腐れかも」と呟く。絹代はあまり異性にもてるほうではなかったが、それでも三十四歳なりの経験は積んでいる。昂奮で喉がひりついた。偽ビールの缶を摑んでぐいっと飲み下す。

「あ、俺もひとくち」と伸びた手を絹代は鋭く叩いた。「お酒強くないんでしょ、酔って立ちが悪くなると困るから駄目」そう言うなり彼のボクサーパンツを下ろして、まろび出たものを咥《くわ》える。「え、いきなり？」赤井豪輔が悲鳴じみた声を上げる。

　もったいぶったり羞じらったりするつもりはなかった。日ごろの憂さ晴らしを兼ねて、翻弄し貪り堪能し尽くしてやろう、そう胸に決めていた。どうせ好きでもない男なのだ、どう思われたってかまわない。気まずくなったらもう会わなきゃいい。

赤井豪輔のものは、すでにかたく張りつめていた。絹代は唾液を絡めて吸いつき、下卑た音を立てる。「あ、ちょっと、う、待って」赤井豪輔はいちいち呻いて腰を震わせる。反応の良い女の子を相手にする男の気分って、こんな感じなのだろうか。絹代はますます興が乗り、彼を裸に剝いて責め立てる。ちんまりと尖った乳首を齧《かじ》り、舌を尖らして臍をつつき、そのあいだずっと緩急をつけてペニスをしごく。鷲鼻の鼻梁《びりょう》を舌でつうっとなぞり、どんぐりまなこの目蓋を指でこじ開けて眼球を舐めてやった。

「うわっ」

赤井豪輔は顔をそむけて眼をこする。あはははは、と絹代はけたたましい九官鳥のような笑い声を立てた。

「ほらほら、しゃぶりなさいよ」と彼の口に指を数本突っ込んで意地悪く言っていると、いきなり手首を摑まれ体勢を逆転させられた。さすがに好き勝手やりすぎたか、と絹代は少しだけ反省する。ボーダーのカットソーを不器用にめくり上げられ、デニムスカートに手を突っ込まれてタイツごとショーツを引きずり下ろされた。下着は上下とも飾り気のない黒いものので、もっと色気があるのを着けてくればよかった、と悔やんだが、赤井豪輔は布地などまったく視野に入っていないようだ。ブラジャーを脱がすのに手こずっているので、絹代は自分でホックを外した。「数年前ならもうちょっと張りがあったんだけど、もう来年で三十代も後半なんで、ごめんねえ」とおどけながら。脱がされたり性的に責め立てられることには照れがあった。

荒々しく乳房を揉まれて、絹代は洩れそうになる声を懸命にこらえる。なにせ久しぶりだし、相手とはこれが初回なのだ。気持ちが昂ぶって、すぐに息遣いが甘くなってしまう。肌は男の指に過敏に反応し、官能のシグナルを下腹部へ送り込む。

ようやく脚のつけねのあわいに触れた赤井豪輔が、驚愕した表情で絹代の顔を見つめた。

「……すごいことになってるでしょ、そこ。今度は私のターンね」

絹代は起き上がって赤井豪輔を組み敷いた。彼のつたない指使いで気持ちとからだが冷える前に、上りつめてしまいたかった。

彼の股間にそびえるものを握って、脚のあいだにあてがう。自分の叢《くさむら》の奥へ導いていく。じわじわと腰を沈めた。満たされていく悦びに、絹代は顎を上げて眼を瞑《つむ》り、長いため息を洩らした。「うわ、熱い」と赤井豪輔が悩ましげに呟く。

じっくり愉しみたかったのに、絹代の腰はとまらなかった。深く飲み込み、クリトリスをこすりつけるように腰を前後に滑らせる。「そんな激しくしないで、もうやばい」泣きそうな赤井豪輔の声が下方から聞こえる。

「ちょっと我慢して。円周率でも母親の顔でも日本経済の課題でも思い浮かべてなさい」

早口で命令して、絹代は彼の腰のうえで躍る。汗を流し、唾液を零《こぼ》し、蜜をあふれさせて。ごめんっ、と赤井豪輔が口走った。絹代はあわてて彼のものを抜く。間一髪で、精液は彼の腹に吹きこぼれた。

絹代はくったり行き倒れている性器を持ち上げ、口角を口裂け女みたいにつり上げて赤井豪輔に向かって笑いかけた。「まだできるよね？」

十八のころに戻ったかのようだった。

はじめて彼氏ができたあのころのように、連日、互いの肉体を探求しあった。

赤井豪輔ははじめこそぎこちなかったが、職人的な熱心さにより、みるみる腕を上げていった。ラーメン職人に対する認識を改めなくてはいけないかも、と絹代は彼に抱かれながら考える。赤井豪輔は再就職せずに友人の焼き肉屋を手伝っており、絹代と似たような境遇だった。つまり、失意と鬱屈《うっくつ》と退屈を溜め込めるだけ溜め込んでいたってわけだ。

快楽に溺れているあいだは、厭なことを忘れられた。生活やら将来やら、忌々しい事柄から逃れられる。世のなかにはこういう種類の充足感が存在するということを、絹代はずっと忘れていた。さまざまな体液を振り絞って息を合わせてつかのまの高みに達するという解放感から、遠ざかっていた。

ひとしきりじゃれあったあとは、例の移動販売カーの計画を練った。

「車での移動販売って、路上や私有地でやるのは当然違法なんだよね？」

「法律関係のことはちゃんと調べておかないとなあ。それは俺がやっとく」

裸でがらんどうの店舗――もう引き渡しは済んだのだが、赤井豪輔が持っている合い鍵で不法侵入している――の床に並んで寝転んだまま会話を交わす。シャッターを下ろしてあるので外からは見えない。

「名前どうする？」

「元祖札幌焼き、とかでいいんじゃね？」

「それはあまりにもださすぎる。少し考えさせて」

帰り途《みち》、赤井豪輔と別れた直後にポケットの携帯電話が鳴った。取り出して確認する。母からの着信だ。絹代はため息をひとつ零し、ボタンを押して耳にあてる。

「もしもし？　なに？」

――あ、絹代？　元気にしてた？　お母さんこのあいだ下呂温泉に行って、お土産買ってきたの。渡したいから取りに来て。

うんわかった、明日かあさってにそっちに行くね。と答えて電話を切った。

お土産は口実だろう。母は自分を呼び戻すつもりなのだ、と絹代はジーンズのポケットに手を突っ込んで歩きながら考えた。あの家は生まれ育った実家ではあるが、もう自分の家だとは思えなかった。なにせ、母は数年前に再婚した男とふたりで暮らしているのだ。あかの他人である初老男に気を遣って暮らすのは、想像しただけで気が滅入った。

ほんの数回しか会ったことのないその男に、絹代はあまり良い印象を持っていなかった。会社員時代はいつも月末になると「そろそろ仕送りは？」と母から電話がかかってきた。母が再婚してからも続いたので、母の夫はろくな収入がないのだろうか、それともケチって母に金を渡していないのだろうか、と絹代は怪しんでいる。どちらにしても、あまり深入りしたくない話である。お金問題は、自分の件だけで手いっぱいだ。


しかし、現実は想像とまったく違った。

絹代は翌日実家をおとずれた。気が重いことは早めに片付けてしまったほうがいいと思ったからだ。

下呂土産の下呂げろまんじゅう（カエルの顔のかたちをしたかわいい饅頭だ）とさるぼぼ（もらって困るお土産ランキングの上位に位置するだろう）を詰めた紙袋を、母から受け取る。

「いろいろありがとう。じゃあ帰ります」

「待って、これも絹代に」

母はそう言って、銀行の通帳とカード、そして印鑑を揃えてテーブルに置いた。

「なんなのいったい」

絹代は顔をしかめ、通帳と母を交互に見やる。

「絹代からもらった仕送り、貯めていたの。あなたの将来の結婚資金にと思って。でもいま困っているようなら遣いなさい」

絶句した。てっきり、母の夫に甲斐性がないから仕送りを求めるのだと思っていた。通帳を開き、最後のページの印字を確認する。ゼロを数えた。百万。百万円の積立定期預金だ。

目頭が熱くなった。

「……いいの？」

顔を上げて訊ねた。

「あなた当分結婚する予定はないんでしょ？」

痛いところを突かれ、絹代は苦笑した。かなわないな、と思った。

「てっきり帰ってこいって言われるのかと思ってた」

「なんで新婚生活を娘に邪魔されなきゃいけないのよ」

と母はしわの濃い目もとを悪戯《いたずら》っぽくゆるませる。

帰宅した絹代は、通帳を前に置いて床に正座した。

このお金で安いアパートを借りて、まさみとユッキーの家から出て行くべきか。でもあのふたりは、半年後に結婚するまではここにいていいと言ってくれている。その言葉に甘えようか。とりあえず穴が開きかかっているスニーカーを買い換えて、残りは借金返済にあてることにしようか。

赤井豪輔と相談していた鯛焼きの移動販売カーのことが脳裏をよぎる。――いや、あれはあくまで夢物語だ。空想だ。本気であいつと事業をはじめるつもりなんてない。絹代は頭に浮かんだ考えを即座に打ち消した。

通帳を貴重品置き場にしまい、お茶を淹れようと立ち上がったところで携帯電話が鳴った。赤井豪輔からだ。携帯を手に取りながら、絹代は子宮のあたりが疼《うず》くのを感じた。

――いまどこ？

息せき切った赤井豪輔の声が耳に飛び込んできた。

「家だけど」

――パソコン使える？　見てほしいページがあるんだけど。

「起動するまで時間かかるから、ちょっと待って」

絹代はMacBookの電源ボタンを押す。雑談しているうちに起動が完了した。

――ヤフオク開いて。で、「移動販売車　VW仕様」で検索してみ。

赤井豪輔の指示に従ってインターネットブラウザを立ち上げ、オークションサイトを開いた。「移動販売車　VW仕様」で検索する。『即決！　ワーゲンバス仕様の移動販売車（中古）★すぐに事業スタート可能』というタイトルの商品が、いちばんうえに表示された。

「これ、ワーゲンバスじゃないじゃん。色も黄色じゃなくて青だし」

ひとめ見て、絹代は文句を言った。スズキのエブリイをカスタムしました、と商品説明には書かれている。写真を見るとワーゲンバスよりもかなりコンパクトだ。だが、まるっこいかたちはかわいらしい。

――そうだけど、本物のワーゲンバスだと年数経ってるから整備とかたいへんなんだよ。燃費悪いし。そこは大目に見てくれよ。

絹代は画面に顔を近づける。保健所の認可が取れる状態にしてある移動販売スタータキットです、とのことだった。シンクや調理台もすでに完成している。スクロールし、年式や走行距離、車検の有効期限などをチェックしていく。いずれも申しぶんない。

ある光景が、ふわっと頭に浮かんだ。自分でデザインしたステッカーでラッピングを施したこの車が、公園に停まっている。となりには汗を流しながら型に生地を流し込む赤井豪輔。

途切れることのない行列。嬉しそうに頬張る子どもたちの顔。愛想を振りまく看板犬。車内の厨房に射し込む陽光。

――即決価格百万円だって！　俺、五十万までならなんとかかき集められそうなんだけどなあ。即決ありだと、悩んでるうちにほかのやつに落札されちゃうよな。

赤井豪輔の声を聞きながら考える。これを逃したら二度と自分の人生にチャンスなどおとずれない、そんな予感がして絹代は身震いした。唾を飲み下し、ゆっくりと口を開く。

「……あのさ、私。出せるよ、残りの五十万」

――え、マジで？

「うん。だから落札してくれる？　私、オークションのＩＤ持ってないから」

――わかったすぐに落札する。うわー、いっしょに頑張ろうな！　愉しくなってきた！

赤井豪輔がはしゃいだ声を上げる。

勢いでとんでもないことを口走ってしまったと寒気がこみ上げたが、嬉しそうな彼のようすに、絹代もわくわくしてきた。電話を切ると、にやにやと頬がゆるむ。失敗に終わったとはいえ、ふたりともいちどは店を出したプロである。事業をはじめるための煩雑な手続きも、ふたりで分担すればさほど負担にならないだろう。

絹代はネット検索でオリジナル焼き型をつくってくれる業者を見つけた。金額が明記されていなかったので、問い合わせのメールを送ってみる。ネーミング案を考え、いくつかメモ帳に書きつけた。ひさびさにAdobe Illustratorを立ち上げて、車体に貼るステッカーのデザインをあれこれ試作する。

作業していると、あっというまに夜になってしまった。ふと時計を見て仰天した。食事すら忘れてのめり込んでいた。絹代は袋麺を調理して食べ、シャワーを浴びようと洗面所に向かう。歯を磨いているまさみに遭遇した。まさみはまじまじと絹代の顔を眺め、口を開く。

「絹ちゃん、最近つやつやしてる。前は隈《くま》と顔色ひどかったのに。基礎化粧品変えた？」

「変えてないよ。ずっと同じ安物」

セックスできれいになる、という有名な惹句《じゃっく》を思い出し、すぐに自分の発想を鼻で嗤《わら》う。

「リンパマッサージやってるの？」

「してないよ」

「じゃあ恋とか？」

「それもない」絹代はきっぱりと言い切った。

赤井豪輔への気持ちは恋とは違った。かといってセックスフレンドのように割り切った関係でもなかった。同志、と呼べるまではこころを許していない。

「でもさー、絹ちゃんが赤井さんといっしょに歩いてるとこ見かけたって、ユッキーが言ってたよ。どうなのどうなの？」

「いや、駅前で偶然会ったから少し話しただけ。挨拶ぐらいだよ」

「ほんとうに？　あやしいなあ」

「赤井さんみたいなのは私の好みと真逆だって、まさみなら知ってるじゃん」

とあしらって、部屋に戻る。まさみやユッキーには移動販売の計画を話していなかった。事業に失敗したばかりのふたりが組むとなると、まともな人間は反対するだろう。


　車体のデザイン案を見せると、赤井豪輔は大げさなぐらい賞賛してくれた。

「これとか超かっけーし、こっちの赤いのはかわいくて目立ちそうだし、迷うなー。それにしてもお前すげえな、尊敬する」

　絹代は照れくさくなり、

「まだアイデア段階だから。名前も本決まりじゃないし」

と早口で言ってデザイン案の紙を取り上げた。代わりに、業者に送ってもらったオリジナル焼き型の見積もりを広げる。

「へえ、想像してたより安いかも」

見積もりを熟読した赤井豪輔が、鼻を掻きながら呟く。

出がけに例の車のオークションページを覗いたところ、落札済みになっていた。ちゃんと落札できたのだろうか、それともほかの人間にさきを越されたのだろうか、とやきもきしていたところ、赤井豪輔から「無事落札できました。いろいろ相談したいから今日会える？」とメールが入った。それで彼のところにやってきたのだった。

「はい、五十万」

絹代は銀行の封筒を差し出す。ここに来る前に、銀行に寄って引き出したお金である。封筒を見て、赤井豪輔の眼が泳いだ。

五十万円の札束は、たいした厚みにならなかった。五十万はいまの自分にとってとんでもない大金なのに、この程度の重量なのか、と少しがっかりした。でも、この封筒には自分と赤井豪輔の夢がぱんぱんに詰まっている。

「おお、ありがとうございます」

赤井豪輔は正座し、神妙な表情で手刀を切って封筒を受け取る。

ポケットにしまってから「……借用書とか必要？」と上目遣いで訊《き》いてきた。

「貸すわけじゃなくて共同で事業をやるんだから、借用書はいらないよ。ただ、それぞれいくら出したのかちゃんと記録しておかないと。これからいろいろ購入しなきゃいけないし」

「そうだな。エクセルで出納帳つくって、ネットのどっかに上げて共有するか」

帰り途、旧「MOIKKA!」の前を通ると工事が入っていた。近づいて貼り紙を見る。「オーガニックティー専門店・銀河紅茶　四月五日オープン予定」と書いてあった。

これもすぐに潰れそうな店だな、と絹代は苦笑した。赤井豪輔がこの貼り紙を見たら、「まーた気取ってるだけのしょうもない店が入った」と貶すだろう。

自分の店の跡地に新たな店ができるのを目の当たりにしたら、立ち直れないほど落ち込んだろうな、とずっと恐れていた。しかしいま、絹代のこころはとても穏やかだ。せめて私の店よりは長続きしますように、と見知らぬ「銀河紅茶」オーナーのために祈った。

＊

移動販売車の出品者の住所は千葉だった。「東京にいる古い友人に会いに行くついでに、車の現物を確認してくる」と赤井豪輔が申し出た。絹代は車のことはよくわからないし旅費がもったいないので、彼にまかせることにした。

彼が出かけた日の夕方、「車どうだった？」とメールをしたが返事はなかった。友だちと呑み歩いていてメールに気付かないのだろう。

「どうしたの絹ちゃん、さっきから携帯チェックして」

携帯を眺めていると、まさみに話しかけられた。今晩はまさみとユッキーといっしょにみぞれ鍋を囲んでいる。

「いや、ちょっとね」と言葉を濁して携帯をポケットにしまった。

「そうだ絹ちゃん、赤井さんの話聞いた？」

日本酒で頬をほんのり染めたまさみに、そう質問された。

「え、なになに？」

どきりとしながら身を乗り出す。新事業の話がどこかから洩れたのだろうか。反対されたらどうしよう。

「あいつアメリカでラーメン屋やるって言い出して、渡米決めたんだよ。確か今日出発だったかな」

とユッキーが横から口を挟んだ。その声は、金平糖を耳に突っ込んだような違和感とともに鼓膜に届いた。

「びっくりした？　廃業仲間の絹ちゃんにはなんか悪いから黙ってて、って口止めされてたんだけど、ごめん、言っちゃった」

絶句していると、「赤井さんって海外経験ないんでしょ？」とまさみがユッキーに訊ねる。

「とりあえずは現地で言葉憶えながら働いて、お金貯めるつもりらしい」とユッキーが答えた。

「普通、ある程度めどがついてから行くもんじゃないの？　すごいバイタリティだよね。考えなしとも言えるけど」とまさみ。

「ぼくも餞別ってことで三万あげた。せびられてしぶしぶ渡したんだけどさ。成功したら倍返しにするって言われたけど、期待できないよな」

「でも赤井さんの行動力がうまい方向に作用すれば、ひょっとするとひょっとするかもよ？」

「うーん、その可能性に賭けて気長に待つかー」

ゆるゆると続くふたりの会話は、絹代の耳を素通りしていった。アメリカ？　ラーメン屋？　餞別？　どういうこと？

「ちょっとトイレ」

どうにかそう告げて、立ち上がる。膝に力が入らなくてあやうく転びそうになった。トイレのドアを閉めるとポケットから携帯を取り出し、例のオークションのページにアクセスする。赤井豪輔のＩＤの評価欄を開く。

評価：非常に悪い落札者です
コメント：落札以降、何度かメールを送りましたが、連絡が取れていません。購入する気がないかたは入札しないでください。

絹代は呆然と口を開けて、天井を見上げた。

はっと思いついて、携帯の発信履歴から赤井豪輔に電話をかける。コール音が十六回鳴ったところで、絹代は電話を切った。――出ないに決まっている。さっきのまさみとユッキーの話がすべてだ。ほんとうにアメリカに向かったのかどうかはわからないが、あの男はお金を持ち逃げしてどこかに消えた。

夢を語る男にセックスで骨抜きにされてお金を騙し取られるなんて、詐欺師にカモられる間抜けな女そのものだ。しかも相手は素人童貞だったというのに。いや、それだって嘘なのかもしれない。わざと素朴ぶっていた可能性だってある。いまさら確かめるすべはなかった。

絹代はしばらく眼を瞑り、そして立ち上がる。

「ちょっと友だちに呼び出し食らったから、出かけてくる」

居間のふたりにそう告げて玄関へ向かった。

きんと冷えた夜の空気のなか、あてもなくひたすら歩く。呼吸するたび、肺がつめたくなっていく。頭にこもっていた熱も冷めつつあった。今日は星がよく見える。

ウィンドブレーカーのポケットに手を突っ込むと、紙の感触がつたわってきた。レシートかな、と引っ張り出すと千円札だった。薄汚れて、朱《あか》いしみがこびりついている。

なんでこんなところに千円札が、と絹代はしばらく考え込む。ああ、花屋の前で拾ったんだ、と思い出した。これを拾ったときはまだ、赤井豪輔とセックスしていなかったし、お金を騙し取られてもいなかった。でも、あのときの自分のほうが、いまよりもどんより塞ぎ込んでいた。なにせうつむいてばかりいたから、道路に落ちていた千円札に気付いたのだ。もしもここに神さまがあらわれて「あなたをこの千円札を拾った瞬間に戻してあげます」と言われたら迷うかもしれない。

そうだ、赤井豪輔のおかげで、久しぶりに夢を見ることができた。メニューや車体デザインを考えているときのいそいそと愉しい気持ちや、脳みそのハードディスクがかたかたと音を立てて回転しているあの感じ。あの男と出会うまでしばらく忘れていた感覚だ。それにあの児戯みたいに愉快なセックスも。弾力のある筋肉に覆われた胸やかたく張りつめたペニスを思い出すと、少しだけ未練を感じた。

こころと生活にうるおいを取り戻し前を向くための費用、しめて五十万円。高すぎるものの、ヨーロッパ周遊旅行に行ったと思えば納得できる金額ではある。いや、とても納得などできないが、騙されたと被害者ぶる気分にはなれなかった。強がってるなー、と自分でもわかっているけれど、しかし、少し前までは強がることすらできなかったのだ。

顔を上げるとラーメン屋の暖簾《のれん》が視界に入った。赤井豪輔の「俺流つけ麺 豪炎」と違い、昼どきには行列ができる繁盛店である。じつはあの男には言っていなかったが、絹代はいちどだけ「俺流つけ麺 豪炎」で食事をしたことがあった。あのつけ麺、まずかったよなあ、と思い起こして苦笑する。

繁盛店からただようとんこつとかん水のにおいを嗅いでいると、胃がきゅううと鳴った。食事の途中で出てきてしまったことを思い出す。絹代は千円札を握りしめた。このお金で大盛りのラーメンを食べてやろう。チャーシューと煮玉子をトッピングして、ついでに餃子も。そう決めて、前のめりに店の暖簾をくぐった。

# 第四話　月下美人と斑入りのポトス

　お金で買われているのだ、そのことを意識するとかえって下腹部の奥に熱がこもるようになったのは、いつからだろう。後ろめたさは、仄暗《ほのぐら》い快感という養分を全身に送り込む。背徳感の芽はするすると茎や葉を伸ばして花をつける。花はほころんで、だらしない声やぬるついたしずくを夜の空気に向かって吐き出す。

　この男と交わるたび、頼子《よりこ》は目蓋《まぶた》の裏に、暗闇で咲く月下美人の花を見ていた。幾重にも重なる、透きとおるように白い花びら。園芸が趣味の母親が実家で育てていたその花は、儚《はかな》いのに妖しい気配を発散させていた。月下美人が夜に強い芳香を振りまきながら開花するのは、受精の手伝いをする蝙蝠《こうもり》を呼び寄せるためらしい、と聞いたことがある。だとすると、いま腰を打ちつけている男は蝙蝠の化身なのか。

　生殖とは無縁であるはずの穴に玩具《がんぐ》をねじ込まれ、そのそばに息づくほとびた花弁に熱い器官を受け入れながら、この男は恋人にはこんな行為なんてしないんだろうな、と頼子は考える。このマンションの家賃や生活費と引き替えに抱いている女だから、好き勝手に扱えるのだろう。男に正式な恋人がいるかどうか、頼子は知らない。さらに言えば、SNS部門で業績を伸ばしているIT企業の社長である彼の、仕事内容も経歴も知らない。

「有華《ゆうか》、もう少しケツ鍛えろよ。たるんできてる。俺が尻フェチだって知ってるだろ」

言葉とともに鋭い打擲《ちょうちゃく》を臀部《でんぶ》に浴びせられる。その弾みで直腸にめり込んだ玩具が周囲の粘膜とこすれ、頼子のくちびるから呻き声が洩れた。

有華とは、頼子のもうひとつの名である。最近ではめっきり呼ばれる頻度が下がっている名前だ。

その名前について思案しようとした頼子を、からだの奥深くにねじ込まれたものが現実に引き戻す。腰を強く打ちつけられて、甘い震えが背すじを駆け抜けた。男の汗が熱帯の雨のように背に降り注ぐ。首を掴まれ、指が鎖骨のうえにめり込んだ。扱いが酷ければ酷いほど、頼子の体内で官能の花は艶《あで》やかに咲き誇る。何度もつぼみがぽんと開いて、そして枯れる。繰り返すたび、花は大きくなっていく。意識は月下美人の花びらのごとく白く透きとおって、やがて暗転する。

シャワーを浴びて戻ってくると、男はボタンダウンのクレリックシャツの袖に腕をとおしていた。頼子はショーツを穿《は》きながら、男がシャツを着るのを見守る。うえから二番めのボタンを留めて、男は顔を上げてこちらを見た。さっきまでの攻撃的な気配は消え失せ、ちいさな黒目は落ち着きなく動いている。男のかさついたくちびるが開いた。

「このマンション、今月いっぱいで出ていってくれるかな」

え？　と頼子は聞き返す。

「つぎにここに住む予定の子が決まってるんだよね」

頼子はその言葉の意味を考える。それからゆっくりと口を開いた。

「……つまり、わたしはお払い箱ってこと？」

そうなるね、と彼はにっこりほほ笑んで言った。さらに「しかし、お払い箱って年寄りくさい言葉使うなあ」などとよけいな台詞《せりふ》をつけ加える。

「実際あんまり若くないし」

頼子は自虐的な口調で呟いた。

「今年で何歳になるんだっけ」

「二十六歳」

「もうそんなになるんだ？」

無邪気とすらいえる声音で男が言い、頼子の苛立ちは強まる。男に背を向けてブラジャーのホックを留めた。

「引っ越し代は俺が出すから安心していいよ。だからなるべく早く荷物まとめてくれるかな」

わたしが出ていったあとに住む子は、水を弾《はじ》く肌ときゅっと上がったお尻を持っているのだろう。せめて自分が知らない子だったらいいな、と頼子は願った。

ジャケットを着込んだ男は、洗面所の鏡に向かって上目遣いで髪の毛を直している。それが終わるとうがいをし、玄関へ向かった。

「じゃ、そういうことで」

靴を履いて出ていこうとする男の背に向かって、頼子は口を開く。

「ほんとうは二十八」

「は？」

男が振り向いた。

「年齢。公式プロフィールはサバ読んでるから」

男が半笑いでドアを閉めるのを見届けてから、頼子は思いきり扉を蹴り上げる。タワーマンションのドアは遮音性にすぐれているらしく、期待したほどの音は立たなかった。

ドアを睨みつけて荒い息を吐いているうちに、少しずつ冷静になっていく。とりあえず、新しい住まいをさがさなければ。でも東京で自力で生活できるほど稼いでいない。最近はろくに仕事がないのだ。仕事、と考えて、来月のスケジュールをまだ渡されていないことに気付く。マネージャーは社会人一年めの男で、頼りないうえに、ぼんやりした顔つきはなにを考えているのか窺《うかが》えない。最近の若者ってわからない、と思うたび頼子は自分がひどい年寄りになったようで厭《いや》な気分に陥るのだった。

寝室に戻り、ベッドの横に落ちている携帯電話を拾った。短い文章をつくる。

『ちょっとスケジュール、どうなってんの？』

ちゃんと仕事してくれないと困るんですけど、といったん付け足したが削除して、メールを送る。

ドライヤーで髪を乾かしてからふたたび携帯を見ると、返信が届いていた。新着メールを開く。

『スケジュールですが、今月は現段階ではまだ一件も予定がありません。仕事が入り次第連絡します』

頭を鈍器で殴られたような衝撃があった。頼子は携帯を放り投げ、よろよろとソファに沈み込む。

ここ数か月の仕事でもっとも華やかなものは、実際に起きた刑事事件を扱うバラエティ番組の、再現映像だった。詐欺師である恋人にそそのかされて横領をはたらく、男運がない経理職の女性の役だ。出演時間は五分ほど。直近の仕事はパチンコ店での営業で、客はだれも頼子に注目せずパチンコやスロットの台を凝視していた。

先日、アダルトサイトのバナー広告に自分の写真が勝手に使われているのを発見した。マネージャーに報告を入れておいたが、対処してくれるとは思えない。これも無名な自分が悪いのだ。十八のころから業界をうろうろしているにもかかわらず、名もなきヌードモデルと同等の扱いを受ける自分の知名度のなさが憎い。

現実逃避しようとテレビのリモコンを押す。ぼさぼさの髪をカーテンのように顔の前面に垂らした若い女が、テレビ画面にアップで映る。女は滂沱《ぼうだ》の涙を流している。あまりのみっともなさと迫力に頼子はくぎづけになった。

「きれいになって見返してやりたいぃぃ」

いびつに生えた前歯を剝き出しにして、テレビの女は悲痛な嗚咽《おえつ》を洩らした。鼻水が照明を浴びてきらきらと輝く。どうやら、容姿のコンプレックスを抱えた素人の相談者を、美容整形で生まれ変わらせる番組のようだ。

ふん、と頼子は鼻を鳴らす。顔のパーツを弄《いじ》っただけで見直してもらえると思っているのか。頼子は目頭の切れ込みを深くし、浅い二重のラインをくっきりとした平行二重に変えている。鼻にヒアルロン酸を注入して高さを出し、ボトックス注射で輪郭をすっきりさせている。でもそれだけで人生が変わるとは思っていない。顔を修整しただけで他人に認めてもらえるなんていう甘い考えは持っていない。

苛立って髪を無意識にぷちぷち抜きながらテレビを見つめていると、スタジオの椅子に座る芸能人に事務所の後輩タレントを発見した。頼子はふっと真顔に戻ってテレビを消す。暗くなった画面に自分の顔が映った。頰のあたりに疲れが滲《にじ》んでいる顔。

さっきのマネージャーからのメールを思い出す。十年にわたる芸能活動において、自分に追い風が吹いていると感じたことはいちどもない。しかし、一件も仕事の予定が入っていない月などなかった。

愛川有華と決別するときが来たのかもしれない。頼子は目頭に滲んだ涙を指でぬぐって考える。勝手につけられた芸名でちっとも気に入っていなかったけど、十年も名乗り続けたのだからそこそこ愛着はあった。

＊

最終便で空港に降り立った。空港直結の駅でＪＲを待っていると、足もとから冷気が無数の凍えた手となって這い寄ってくる。大荷物を抱え疲れた表情を浮かべているひとの群れに続いて、車両に乗り込んだ。

席についてうとうとしているうちに、電車は走り出していた。ごく短い眠りだったが、夢を見た手応えが残っていた。夏のむんと濃い空気と、自転車のペダルを漕ぐ脚の感覚、衛司《えいじ》の眉を険しく寄せた顔が薄い膜のように脳髄にこびりついている。十六歳の夏休み。

頼子は窓の向こうに視線を向けた。流れる暗い車窓には、薄汚れた晩冬の雪がひたすら続いている。駅に着いてドアが開くたび、水っぽい冬のにおいが鼻に届いた。東京は春に満ちていたのに、季節が逆戻りしてしまったようで気が滅入った。

母の病気が発覚したので実家に帰りたいです、と事務所に嘘の理由を申し立てたところ、契約期間が残っているにもかかわらずあっさり承諾してくれた。少しは引き留められたかったのにな、と頼子は結露している窓にこめかみをくっつけて思う。

札幌駅に近づくにつれ雪の量は減り灰色のビルが増えていったが、気分は明るくなるどころかますます重たくなる。実家の最寄り駅で降りたら急に空腹を感じたため、なにか食べてから家に帰ろうと決めた。目についたラーメン屋に入る。タレントだったころはカロリーを意識してラーメンはできるかぎり我慢していたが、もうそんな必要はないのだ。いままで飲みものといえば白湯だったけれど、味のないただのお湯なんて、もう飲むことはないだろう。

これからはコーラもカフェインもアルコールも、好きなだけ摂取できる。ジムで大嫌いな運動をすることもない。

醤油ラーメンを注文し、水をコップに注いで喉を潤した。バッグをしまうためカウンターのしたの棚をさぐると、なにかが指にぶつかる。引っ張り出してみると週刊誌だった。前の客が忘れていったらしい。

いったん棚の奥に戻したが、なにかが自分を呼んだような錯覚がして、頼子は再度週刊誌を手に取る。表紙を彩る文字に視線が引き寄せられた。

『人気女子アナみかぽん、ＩＴ社長とお泊まり愛！』

急激に鼓動が速くなる。ＩＴ社長といってもあの男とは限らないじゃないか。この国にどれほどのＩＴ系企業があると思っているんだ。そう自分に言い聞かせながら、表紙をめくる。目次からめあての記事をさがし、開いた。

――若いグラビアアイドルに乗り換えたのだと思っていた。「クラスで二番めにかわいい」程度のルックスと若さだけが取り柄の、中身が空っぽな女の子を遊びの相手として選んだのだと。数年後、若さを失ったその子も自分同様に捨てられるのだと確信していた。だから、マンションを追い出されてもさほどショックを受けなかった。

しかし、現実は「才色兼備でアイドル的な人気を誇る女子アナ」と「同じ大学出身ということで意気投合」し、「共通の趣味であるクラシック鑑賞や美術館巡り」で愛を育み、すでに「お互いの実家を行き来する仲」らしい。女子アナの歳は頼子の実年齢と同じだった。

　粒子の粗いモノクロ写真には、よく知っているマンションから出てくる男女が写っていた。女子アナの私服はコーディネートがちぐはぐで、テレビで観るよりもぱっとしない。男は見憶えのあるジャケットを着ている。頼子にとって彼は生活を支えてくれる大物だったのに、週刊誌の記事は相手の女子アナが中心で、いっそうみじめさを感じさせられる。

　同じ記事を三回読み返してから、ぱらぱらといたずらにページをめくった。

『風間マドカ決意のヌード！　美しすぎる衝撃ボディ』と題されたグラビアページで頼子の手がとまる。

　風間マドカは、頼子が芸能界で仕事をはじめたころのトップアイドルだった。頼子は写真をまじまじと眺める。有名フォトグラファーが撮った風間マドカの顔には、隠しようのない疲れが滲んでいた。眼のしたの弛みや下がりきった口角やゆるんだ尻は、ぎりぎり二十代という年齢にそぐわない。一般人の女性のほうがよっぽど保っている。

　彼女がどこの出身かは知らないが、地元では評判のかわいい子として育ってきたはずだ。多くの女の子は芸能界入りした段階で、自分はそれほどかわいいわけではない、上には上がいる、と悟る。だが、風間マドカに限ってはそうではなかっただろう。彼女はずっと頂点に君臨し続けた——ある段階までは。致命的なスキャンダルや失態があったわけではなかった。経年とともに顔立ちのバランスが崩れた彼女は、人気を失い、じょじょに表舞台からすがたを消していった。

頼子は風間マドカの顔を指でなぞる。そげた頰、口のわきの濃いしわ、険のある目もと。この瞳で、彼女は芸能界のなにを見てきたのだろう。ひかりあふれるステージと、少しずつ華やかさを失っていく仕事内容と、手のひらを返す人びとと。

でも自分は、彼女に同情できる立場ではないのだ。結局、いちども見晴らしの良い場所には辿り着けなかった。仮に自分がいま脱いだところで、AV出演への布石としかとらえられないだろう。それどころか「だれ?」と笑われるのがオチだ。

そこまで考えて、いや、自分はもう引退したんだった、と頼子は思い出す。よけいなことを考えてしまった。

「はい、醬油ラーメン」

無愛想な店員がラーメンどんぶりを差し出した。頼子はあわてて週刊誌を戻し、どんぶりを受け取る。箸を割って食べはじめた。濃いはずの醬油ラーメンなのに、舌はまったく味を感知してくれない。食欲も失せている。

頼子は半分近く残して立ち上がった。財布に細かいお金がなかったので一万円を出す。渡されたお釣りには、妙に汚れた千円札が一枚まじっていた。しわまみれで見知らぬだれかの朱《あか》い指紋までついた紙幣は、東京にもみくちゃにされ疲労困憊《こんぱい》して帰ってきてさらに追い打ちをかけられた自分みたいだ。外に出るとつめたい風が首もとから侵入して、頼子は身を震わせた。

＊

「いつまでだらだらしてるの。これから料理教室の生徒さんが来るんだから、自分の部屋に行ってちょうだい」

母親の声に起こされた。頼子は顔に押し当てていたクッションをずらし、薄目を開ける。あと五分待って、と言いたかったが、母のかたわらに掃除機があることに気付き、諦めて起き上がる。寝ている横で掃除機をかけられてはたまらない。

「頼子、就職活動はどう？　ちゃんとやってるの？」

「……春になったら本腰入れる。いまは充電期間。東京でいろいろあって疲れたの」

東京でいろいろあって、と言えば母が黙ることを頼子は知っていた。母は「東京」を知らないし、ましてや「芸能界」など想像すらつかない。

「そうそう、料理教室に甲斐《かい》さんも参加しているんだけど、あなた、甲斐さんちの衛司くんにむかし家庭教師やってもらってたわよね」

唐突に衛司の名が出て、頼子はすばやく振り向いた。

「家庭教師っていっても、高二の夏休み限定だよ」

「そうだったかしら。とにかく、あとで甲斐さんに挨拶しなさいね」

衛司のお母さんは、頼子の母の古い友人だった。東大生の息子が夏休みで帰省していると聞いた母が、ぜひうちの子の家庭教師を、と勝手に話を進めたのだ。

夏休みは友だちとアルバイトに明け暮れようと意気込んでいた十六歳の頼子は、母に腹を立てたが、家にやってきた噂の秀才くんが意外と美形だったので、少しだけ機嫌を直した。

彼の眼鏡の奥の冷ややかな眼差《まなざ》しや、眉間《みけん》に刻まれた縦じわや、への字に結ばれた薄いくちびるは、その頑ななポーズを崩してみたいという欲望を頼子に抱かせた。

「志望校はどこ？」

対面してまっさきに、彼はそう訊《たず》ねてきた。

「うーん、まだ決めてないんだよねえ。大学ってやたらいっぱいあるし、違いがよくわかんないし。衛司センセーはどこだったらわたしに向いてると思います？」

えへへ、とゆるい笑いを洩らしながら、頼子は質問で返してみた。

衛司もほほ笑んでくれるだろうと予想していたが、彼は眼鏡の奥の眼を神経質そうに瞬かせるだけだった。

「将来なりたい職業や、興味のある分野は？」彼はさらに質問を重ねる。

「やだあ、そういうのってなんか照れる。真顔で将来の夢とか訊《き》かないでよ、初対面なのに」

身をくねらせて笑いながら、上目遣いで彼を見た。半年前に告白されてつきあったけれど一か月で振った一個うえの先輩は、こうやって見つめるといつもでれでれと表情を崩した。今度こそ彼の能面じみた面持ちが崩れるはず、と確信していた。衛司はむっとしたらしく口もとを歪めた。

「そうやってはぐらかすの、やめたほうがいいと思う。子どもっぽいし不誠実だ」

頼子はくちびるを噛んだ。愛嬌には自信があった。年上の人間にかわいがられることに慣れていた。

家庭教師の回数を重ねても、衛司の態度は軟化しなかった。頼子はなかば意地になっていた。このダイヤモンド並みにかたい男を、こっちの陣地に引きずり込みたかった。

「前回の宿題は？」

「やろうと思ってたんだけど、きのう花火大会だったじゃん？　友だちと出かけたらなんか疲れちゃって、家帰ってすぐ寝ちゃった。衛司センセーは花火見た？　浴衣着た彼女と行ってたりして！　きゃー」

はしゃいで肩を小突いても衛司は冷ややかな一瞥《いちべつ》を返すだけで、頼子は気まずさにうつむくはめになった。

残念ながら、衛司はすぐれた家庭教師ではなかった。勉強ができることと、教え手としての能力には、まったく関連がないのだ。夏休みの終わりが近づいても頼子は一年のときに習ったはずの英語の仮定法すら理解できないままだったし、古文の動詞の活用もなにひとつ憶えられなかった。

勉強で衛司を見返してやるのはどうやっても無理だ。勉学とはべつの道で輝かしいたったひとつのものを摑もう。衛司に意地でも自分を認めさせてやる。

ふと、高校一年の夏に東京へ行った際、芸能事務所の人間だと名乗る男にスカウトされたことを思い出した。

「きみには光るなにかがあると思うんだよね」

軽薄な格好とうらはらに、鋭く光る眼を持った男はそう言った。受け取った名刺は、机の引き出しのなかにとっておいてあった。

高校を出てすぐ、頼子は上京した。だが、あのスカウトが紹介してくれた会社は詐欺まがいのところで、事前に聞かされていた甘い話と実際の仕事はまるで違った。なんとかべつの芸能事務所に移籍することができたが、最初の事務所でやらされたきわどい仕事が足枷《あしかせ》となって、人気は伸び悩んだ。「ヨゴレ」としての過去がある女の子に、男性ファンはつきにくい。さらに二十歳のとき、深夜番組にレギュラー出演してファンがつきはじめたところで、共演者のお笑い芸人と路上でキスしている写真がネットに出回ってしまい、これが致命傷となった。事務所は頼子をどう売っていくかという指針をまったく持っていなかったし、頼子自身も業界でなにを成したいのか見えてなかった。そのまま活動は尻すぼみになっていき、そして現在に至る。

ベッドに寝転がってもの思いに耽《ふけ》っていると、ドアがノックされた。

「……なに？」

「甲斐さんがいらっしゃったから、ご挨拶してちょうだい」

ベッドから降りて部屋を出る。ダイニングに顔を出し、こんにちは、と呼びかけると、キッチンでお喋りに興じる中年女性のひとりが振り向いた。

「あらあらまあ、頼子ちゃん？　きれいになって」

甲斐のおばさんは、おしろいがたっぷりと塗り込まれている顔をほころばせる。笑顔をかたちづくっている口もととは対照的に、視線は検分するように頼子の顔を辿っている。頼子にはおばさんの思考が手に取るようにわかった。……頼子ちゃんってこんな顔だったかしら、もしかすると整形？　そんな戸惑いが伝わってくる。

「噂は聞いてるわよ、タレントさんやってるんですって？　あいにく私はいちどもテレビで頼子ちゃんを見ることができていないんだけど。いまはリフレッシュ休暇中なの？」

ええ、まあそんなところです。とあいまいに答える。実際には、辞めた事務所に今後三年間の芸能活動を禁じる契約にサインさせられたのだが。そもそも、もう戻るつもりはない。

「それにしても頼子ちゃんがこんなに大人っぽくなるんだから、衛司もおじさんくさくなって当然ね。なのに衛司ったらいつまでも学生気分だから呆《あき》れるわ」

挨拶だけで部屋に引っ込むつもりだった頼子の気が変わった。

「衛司さんってまだ独身なんですか」

食い入るように甲斐のおばさんの顔を見つめる。

「そうなのよ、女っ気がぜんぜんなくて。頼子ちゃん、お嫁さんになってくれない？　って、美人さんだからほかにいい相手がいるわよね、ごめんなさい」

「衛司さんはいまも東京に？」

「戻ってきてこっちの研究機関にいるのよ。ほとんど根室のほうで調査に明け暮れていて、ろくに家には帰ってこないけど。植物の斑《ふ》の研究をしてるの」

「フ？」

「ほら、葉の一部が白い植物ってあるじゃない。そこの棚のうえにあるポトスみたいに。あの白い部分が斑。……せっかく良い大学に入れてやったのに、もっとお金になることをやってほしいわよね」

おばさんの声は、だんだん遠くなっていく。

ずっと、思い浮かべてきた光景が、頼子の頭のなかに広がる。

その光景の中心にあるのは、テレビを観ている衛司の横顔だ。画面が発する色とりどりのひかりを反射している双眸《そうぼう》が、驚きに大きく見開かれる。頬は喜びと感動にゆるんでいる。

――頼子ちゃん、頑張ったんだね。

つぼみが開く瞬間の早送り映像みたいに、彼のくちびるが笑みのかたちに広がっていって、そんな言葉が洩れる。

頼子は知りたかった。衛司はいちどでも、テレビに映った自分を観てくれたのだろうか。

毎日惰眠を貪っていると、懐かしい顔が夢のなかにいくつもあらわれる。たいていは目が覚めた瞬間に霧にまぎれて忘れてしまうけど、今日の昼寝に出てきた顔は、意識が鮮明になってもなお記憶に残り続けていた。

ルックスを売りにする仕事にもかかわらず、知り合った同業者はコンプレックスを抱えている子が多かった。風に揺れる蠟燭《ろうそく》の明かりみたいに、自信なげな上目遣いをふらふらとさまよわせているきれいな女の子たち。

彼女らは、狭く暗い箱のなかで身を捩っているようだった。褒められたい、認めてほしい、そんな自己顕示欲が出口を求めて箱のなかで手足をばたつかせている。何者かになりたい、でもその「何者」の具体的なかたちは見えていない。そもそも、自分の将来について鮮明なビジョンを持っている子は、頼子と同じ段で足踏みなどしていない。いかなる手段を使ってでも、上へと進んでいく。

「いままであたしを莫迦《ばか》にしてきたやつらを見返してやりたい」

瞳に暗い焔《ほのお》を灯してそう語った子がいた。

さっきの夢にあらわれた女の子だ。頼子にとって、業界でいちばんの友だちだった。清野《きよの》莉那《りな》という芸名のタレント。胸とお尻は小ぶりだったけど、とびきりちいさい頭と白く長い手脚を持っていた。見る者のこころのデリケートな部分を揺さぶるような、儚げな雰囲気が印象的な子だった。

「なにをやっても人並み以下だった。勉強もスポーツも友だちづくりも全部駄目。ちいさいころから、ずっと見下されてきた。先生にもきょうだいにも親にも残念な子だって呆れられてた」

撮影のあいま、莉那は頼子に向かってぽつぽつと語った。寒さが彼女を追いつめたのか、異様な集中力で彼女は喋り続けた。

冬の長野での仕事だった。頼子と莉那は一面の銀世界のなか、水着でのグラビア撮影に臨んでいた。ふたりの衣装は金色ビキニにニット帽という、滑稽にもほどがあるものだった。休憩中はベンチコートを着せてもらったが、綿の入った長いコートも熱いコーヒーも氷河に垂らした一滴の熱湯みたいなもので、芯まで冷えたからだには効かない。頼子はがちがちと鳴る歯を嚙みしめ、莉那の話にただ頷きを返していた。

「有華は？　どうしてこの世界に飛び込んだの？」

唐突に質問を投げかけられた。

頼子は視線を宙に浮かせ、少し考えた。いくつか理由は思い浮かんだけど、いちばんほんとうに近い言葉を空中にさがした。

「……わたしも見返してやりたいひとがいるから」

「それって男のひと？」

ん、と頷く。寒さによる痛みとはべつに、頰がひりひりと熱くなるのを感じていた。

「うまくいくといいね。見直されたら、尊敬してもらえたら、嬉しいね」

そう言った莉那の頬に浮かんだ笑みは、その日撮ったどの写真よりもくっきりときれいで、思わず見惚《みと》れた。

頼子が地元に戻る決断をしたころ、清野莉那はAVデビューした。いまの仕事の話を聞くのが怖くて、彼女からの電話やメールはすべて無視している。

頼子は枕もとの携帯に手を伸ばした。アドレス帳を開き、莉那のメールアドレスをさがす。すぐに見つかった。メールを送ろうか、と思案したが、文面を思いつけなかったのでやめた。代わりに、今後いっさい連絡を取らないであろう仕事関係のひとの電話番号や、どうでもいい写真のたぐいをひとつひとつ削除していく。メモ帳から書きかけの文章が出てきた。

E・Kさま

愛川有華の生みの親であり、永遠の一等星であるあなたに、この本を捧げます。

いつか人気女優になって自伝かスタイルブックを出版することになったら、そのいちばんはじめのページに印刷してもらおうと思っていた文章だった。E・Kさま——甲斐衛司さま。真っ白な紙のまんなかにこの文字がくっきりと並ぶさまを、かつてはうっとりと妄想していた。夢見がちで身のほど知らずな自分のおこないに、かあっと頬が熱くなる。削除しようと指をボタンにのせたが、思い切れなくて、頼子はため息を吐いて携帯をしまい込んだ。

＊

停止したＤＶＤをプレーヤーから取り出す。ここのところ、目が覚めている時間はほとんどずっとアメリカのテレビドラマを観ている。何十話にもわたるドラマを眺めているあいだは、よけいなことを考えずに済んだ。このドラマを最後まで観終わってしまったら、またべつの作品に手を出せばいい。日本のテレビ番組だと、面識のあるタレントや一方的に対抗心を燃やしていた女優が出てきて、荒れたかかとに触れたようなざらっとした感触が心臓を撫《な》でるが、人種も言葉も違う役者たちは平坦な気持ちで見ることができた。いつのまにか窓の外の雪はほとんど融けていたが、季節のうつろいなど頼子には関係なかった。

続きを再生しようとレンタルＤＶＤショップの袋をさぐって、借りてきたぶんはすべて観てしまったことに気付く。のろのろと立ち上がり、スウェット上下から毛玉まみれのニットとだるだるに伸びたユニクロのジーンズに穿き替える。二日洗っていない髪を黒いヘアゴムでひとつに束ね、洗面所に立ち水で顔を洗った。

玄関でスニーカーに足を突っ込んでいると、玄関チャイムが鳴った。はい、と返事をしてドアを開けてやる。

「おじゃましまーす」

ドアから覗いたのは、中年女性たちのにこやかな顔だった。母の料理教室の生徒さんだろう。

「あら、頼子ちゃんお出かけ？」

女性のひとりに声をかけられる。甲斐のおばさん、つまり衛司のお母さんだ。

「ＤＶＤを借りに、ちょっと」

「外、雨降ってるわよ。うちの衛司に車で送らせるわ。まだ近くにいるだろうから」

断りの言葉を発するよりも早く、甲斐のおばさんは携帯電話を耳にあてた。ドアの外を見やると、雨がコンクリートの地面を強く叩いている。

「衛司、遅い冬休みを取って戻ってきてるの。暇そうだから足代わりに使ってやってるのよ」携帯から一瞬顔を離して、頼子に説明する。

こんないい加減な服装で、ノーメイクで、衛司に再会するのか。部屋に戻って着替えようか迷っていると、電話を切ったおばさんに「いま着くって」と告げられる。ほぼ同時に、おばさんの愛車である赤いアウディが家の前に停車した。運転席には、男性の人影。

頼子は覚悟を決めて車に向かった。踏み出した足がコンクリートに溜まる雨を跳ねて、ジーンズとスニーカーに挟まれたくるぶしを濡らす。

「衛司センセー、お久しぶりですぅ」

助手席に乗り込みながら、くだけた口調で挨拶した。悪戯《いたずら》っぽく笑いかける自分の顔が、ミラーに映っている。だいじょうぶ、うまくやれるはず。頼子は鏡に向かって胸のうちで励ました。

「久しぶり」衛司は頼子を一瞥してくちびるを動かす。「TSUTAYAでいいんだよね？」

うん、と頼子が頷くのを確認すると、衛司はすぐに視線を正面に戻した。

彼は三つ年上だったから、いまは三十一歳のはずだ。こっそり横顔をうかがう。こめかみに白髪がまじっている。でも、もともと若白髪は多いほうだった。肌がかさついているが、頼子だって十六のころのみずみずしさは失っている。

中年の入口に立ち、からだの線が崩れはじめた衛司を想像していた。柔和になってにやにやと愛想を振りまき、頼子の肌に触りたそうに手を遊ばせる彼に幻滅させられることを、覚悟していた。

でも、現実は違った。衛司は変わっていない。頼子を拒む不機嫌そうな眉間も、自分以外は莫迦だと思っていそうな眼差しも、冷ややかに閉じられたくちびるも、あのころのままで、震えがこみ上げるほど嬉しかった。

十六歳の高校生と十九歳の大学生は住む世界が違うが、二十八歳と三十一歳なら充分に同世代だ。気難しくて頑なな彼を陥落させるのは難しいだろう。しかし、はじめて出会った男女のようにはじめることは可能なはずだ。

「斑の研究してるっておばさんに聞いたよ。どういうこと調べてるの？」

衛司のテリトリーにある話題を振ってみた。

「きみみたいな、植物に興味ない人間に説明するのは難しい」

そう言い切ったあとで、さすがに冷淡すぎると反省したのか、衛司は再度口を開く。

「……斑ってさ、葉緑素が欠如している部分なんだ。わかる？　葉緑素」

「うーん、むかし理科で聞いたことがあるような、ないような」

「葉緑素は光合成に不可欠だから、斑の入った植物は光合成能力が低い。だから丈夫じゃない。光合成という植物の基本すらろくにできない存在に、シンパシーを感じるんだ」

いつになく早口で語る衛司の、言わんとするところがわからなかった。秀才と賞賛されて育ってきた彼がなぜ、そんなものにシンパシーを抱くのか。からだが弱いわけでもないはずだ。そもそもこれは、研究内容の説明ですらない。

「シンパシー？　斑のある植物に？」

「そう」

「よくわかんないや」と頼子が呟くと、衛司は「だろうね」と返した。

車内はふたたび沈黙に包まれた。頼子は自分の膝に乗せた手を握ったり開いたりしながら、衛司の横顔を窺う。このつぎの角を曲がると、レンタルDVD店が見えてくる。もうじき着いてしまう。

まるで洗車機のなかにいるように、雨がフロントガラスを覆い尽くしている。暖房を効かせた車内の空気は、湿気を帯びてむんとこもっていた。

「愛川有華、って知ってる？」

頼子はおずおずと、衛司の横顔に決定的な質問をぶつけた。とたんに膝が震えはじめる。軽く首をかしげた彼を見て、「タレントなんだけど、ほら、テレビの深夜番組とかに出てる」と早口でつけ加えた。

「うちにテレビないんだ」

「漫画雑誌とか週刊誌のグラビアにも載ってたんだけど」

「漫画も週刊誌も読まないから」

……そっか、と呟き、頼子は自分の膝に視線を落とす。熱くなる眼を見開いて、涙の膜が張るのを阻止しようとする。顎が痛くなるほど強く奥歯を嚙みしめた。

「そのタレントがどうかした？」

顔を上げ、どうにか口もとだけでも笑って見せた。きーんと鋭い耳鳴りがする。

「ううん、なんでもない」

無理につり上げた口角をゆるめた。

「ちょっとここで車停めて」と頼む。

衛司が車を路肩に寄せ、シフトレバーをパーキングに入れたのを見届けると同時に、頼子はすばやく自分のシートベルトを外した。腕を伸ばし、彼の髪に指をくぐらせる。「え、なに？」と口走った衛司を上目遣いで見つめ、彼のくちびるに自分のそれを押しつけた。体重を預け、衛司の手を取って自分の胸の膨らみへ導く。舌を彼のくちびるのあわいにねじ込んだ。

とっくに気付いていた。自分をスカウトした男が言った「光るなにか」とは、一番星のようにきらめく才能や魅力のことではなく、男の劣情を誘うなにかだったのだ、と。

衛司が思わせぶりな態度やまわりくどい仄めかしなど通用しない相手であることは、よく知っている。ならば、この十年のうちに磨きに磨きをかけた手管で、摑み取ろうと思った。

口内は意外なほど熱かった。舌さきで歯茎や口蓋《こうがい》をねぶり、彼の舌が誘いに応じてくれるのを待つ。だが、どれほど吐息と唾液を混ぜ込んでも、衛司の舌はこわばって貼りついたままだ。

頼子は舌を抜き取り、今度は衛司の薄い耳に這わせる。いやらしく水音を立てて、耳朶《じだ》をねぶる。そっと息を吹きかけると、衛司は首を振った。「やめようよ」と囁かれても、頼子はとまらない。みだらに指を動かしてシャツのうえから彼の胸をなぞっていく。右手を衛司の股間《こかん》に置いた。

そこは穏やかに凪《な》いでいて、熱は感じ取れなかった。

「……重たい。どいてくれる？」

――なんで、と頼子は呟きを洩らした。自分の座席に戻り、シートに力なくもたれる。

衛司はちらりと頼子に視線を送った。眼差しが交差する。躊躇する気配が伝わった。迷いを断ち切るように、彼は口を開く。

「成人女性に興味ないから」

「え？」

「きみが十六歳のままだったら、違ったかもしれないけど」

頼子は雨に滲む外を見た。

「……それってロリコンってこと？」

「ローティーンには惹かれないから、自分をロリコンとは認識していない」

「ロリコンの定義とか、そんなのどうでもいいから。本気で言ってるの？」

「本気で言ってる。どんな子でも大人になるといろいろ経験しすぎて汚れている気がして、駄目なんだ」

説明は終わり、といったようすで衛司はシフトレバーを動かしウインカーを指で弾いた。車はふたたび動き出す。頼子はくちびるをきつく嚙みしめて、打ちつける雨が窓ガラスに描く波紋を凝視していた。秘するべきことを告白したのは衛司のほうなのに、自分がひどく恥ずかしく思えた。婦人科のあの椅子に乗って脚を広げて、性器の奥を覗き込まれているときのような心情だ。

ＴＳＵＴＡＹＡの文字が濡れた窓の向こうにあらわれる。店の前で衛司は車を停めた。

「さっきの話、べつにうちの母親にばらしてもいいよ。息子が変態だと知ったら結婚しろとか騒がなくなるかもしれないし」

——親に説明するのがめんどうだから、わたしに告げ口しろって言ってんの？　どんだけ莫迦にすれば気が済むわけ？

面と向かって罵倒したかったが、胸の内側だけでそう言って、車を降りた。ドアを閉める。車が発進して遠ざかる音が耳に届いたが、決して振り向かない。店の前の返却ボックスにＤＶＤを入れ、店内に足を踏み入れることなく帰途についた。

肌寒かった。傘を持ってこなかったことに、いまさら気付く。冷ややかな雨が頼子を刺す。

〝私〟を見つける

# 幻冬舎文庫の女性作家フェア

最新刊

表示の価格はすべて本体価格です。

2017.02

幻冬舎文庫　創刊20周年

## すばらしい日々

よしもとばなな

父はなぜ最後まで手帳に記録し続けたのか？

父の脚をさすれば一瞬温かくなった感触、ぼけた母が最後まで孫と話したがったこと。老いや死に向かう流れの中にも笑顔と喜びがあった。愛する父母との最後を過ごした〝すばらしい日々〟が胸に迫る。

540円

## 犬とペンギンと私

小川糸

ハレの日も、雨の日も、どっちも特別。

インド、フランス、ドイツ……。今年もたくさん旅したけれど、やっぱり我が家が一番！　家族の待つ家で、パンを焼いたり、ジャムを煮たり。毎日をご機嫌に暮らすヒントがいっぱいの日記エッセイ。

600円

## 女の子は、明日も。

飛鳥井千砂

仕事　子供　家庭　恋愛
ほしいものは、どれ？

略奪婚をした専業主婦の満里子、女性誌編集者の悠希、不妊治療を始めた仁美、人気翻訳家の理央。女性同士の痛すぎる友情と葛藤、その先をリアルに描く衝撃作。

600円

## 骨を彩《いろど》る

彩瀬まる

色とりどりの記憶が、今あなたに降り注ぐ。

十年前に妻を失うも、心揺れる女性に出会った津村。しかし妻を忘れる罪悪感で一歩を踏み出せない。わからない、取り戻せない、もういない。心に「ない」を抱える人々を鮮烈に描く代表作。

540円

ニットやジーンズはじっとりと水を吸って重たくなっていく。

黒く染まる地面を凝視しながらひたすら歩いた。ひと冬越えて汚く腐った枯れ葉を踏む。いまの自分はこの落ち葉みたいにみじめに腐りきっている、と思う。この十数年間を全否定された気分だった。いや、実際に全否定されたのだ。

足もとから襲ってくる寒気は雨のせいなのか、それとも胸に充満する空虚さのためなのか。ふいに、濡れたなにかが顔に触れた。べっとりと貼りつく気持ちの悪い感触に、頼子はうひゃあと間抜けな悲鳴を上げて後ずさる。

離れて見上げると、それは、のぼりだった。薄手の化繊でつくられた旗だ。尖らしたくちびるに棒キャンディをくわえている女の子の写真が、全面に使われている。写真はぎりぎり乳首が見えないところで切れていた。フォトショップで修整をほどこされて、ほとんどCGといっていい仕上がりだけど、頼子にはそれがだれだか瞬時にわかった。清野莉那。むかしの親友で、いまはAV女優の。

のぼりはどうやらアダルト専門のDVDショップのものらしかった。店の窓ガラスにも同じ写真のポスターが何枚も貼られている。清野莉那尽くしの店がまえだ。

すごいすごい、と呟きながら眺めた。ポスターには「祝！　AV女優グランプリ」の文字が躍っている。こんな売れっ子になっていたなんて、知らなかった。

頼子は携帯を取り出すと、メールを打ちはじめた。いまメールを送らなかったら、たぶん一生彼女に連絡をとる機会はおとずれないと思った。

『莉那、元気？　ずっと連絡してなくてごめん。ＤＶＤのポスターがいっぱい貼られてるの、見たよ。わたしは引退して地元に戻ったんだけど、莉那はずっと頑張ってたんだね』

送信した文面を読み返し、そしてまたのぼりに視線を向けた。雨に濡れて艶めくのぼりの華やかな色彩が、視界いっぱいに広がる。過剰に色っぽい写真だ。胸を張れる仕事ではないかもしれない。知り合いや親戚に見つかったら陰口を叩かれるに違いない。でも、こんなにも鮮やかに輝いているのだ。

「あの、すいません」

ふいに、背後から呼びとめられた。変声期直後の不安定にかすれた声。

「愛川有華さんですよね？」

懐かしいというにはまだなまなましすぎる名前を呼ばれる。振り向くと、少年が立っていた。野球のユニフォームにキャップ、バットが入っているとおぼしき筒状のバッグ。眼はきらきらを通り越してぎらぎら充血している。

頼子はぎこちなく頷いた。

「やっぱり！　すげえ！　本物の芸能人！」

少年はにきびまで上気させて叫ぶ。

――ぼんくら中坊。頼子は口のなかでそう呟いた。

「へ？」

「いや、なんでもない」とかぶりを振った。

「そうだ、サイン！」少年はポケットをぱたぱたと叩く。「これ！　これにサインしてください！」ポケットから引っこ抜いて頼子に差し出したのは、白い球体だった。

「……ボール？」

呆気にとられ、野球ボールと少年の顔を交互に見やる。

「わたしがサインボールとか、へんじゃない？　野球選手じゃないんですけど」

「ぜんぜんへんじゃないっす！」と少年は無駄に威勢良く答えた。

「へんだけどまあいいや、サインペンは？」

「あ、持ってない……」

頭を巡らすと、横断歩道を渡った向こうにコンビニが見えた。

「あのコンビニで買ってきなよ。これで」

財布から出した千円札を手渡しながら、わたしなにやってるんだろう、と頼子は思う。

「わ、愛川有華が持ってた千円札！　意外と汚い！」

少年は昂奮して叫んでいる。掲げられた千円札は、確かにしみやしわにまみれている。あんなに汚いお札、いつ財布に入れたんだろう。

「ちゃんとお釣り返してよね！」

コンビニに向かって駆け出した少年に、頼子は声をかけた。遠ざかる背を見ていると、ポケットのなかで振動が起こる。携帯を取り出して画面を見ると、メールが届いていた。莉那からだ。

『ありがとう、メール嬉しかった。いまはがむしゃらに仕事こなしてるけど、こんなことしてて結婚はできるのかなとか、子どもは諦めなきゃいけないのかもとか、いろいろ考えて夜眠れなくなることもあるよ。まわりはちやほやしてくれるけど、それってあたしがお金になる商品だからだし。でもいまは、自分にできることを貪欲にやっていきたいんだ。有華も地元で頑張ってね』

頼子は携帯をしまい、空を見上げた。いつのまにか雨はやんでいる。灰色の雲が空に残っているから、また降りそうだ。

さっきまでいっしょにいた衛司の顔を思い浮かべようとして、だけどあいまいな輪郭のぼやけた面影しか甦らなくて愕然とした。

頼子は考える。わたしはほんとうに衛司のことをずっと好きだったのだろうか。意地になっていただけではないか。――いや、意地とはちょっと違う。自分には目標がなかったから、みずからを奮い立たせるすべとして、衛司を利用していた。長年想いを寄せているひとを振り向かせるために頑張る、という自分で紡いだ物語に耽溺《たんでき》していただけ。認めてほしいというあられもない欲求を、衛司ひとりに託すことで、なんとか満たされようとしていた。

手のなかでボールを転がす。自分はこれから何度だって痛いめに遭うのだろう。バットで繰り返し激しくぶたれるボールのように。何度も何度も懲りもせず。どこへ転がっていくかもわからない。――でも、それは決して悪いことじゃない。泥まみれになったって、わたしは倒れずに立っていたい。

雲間から降り注ぐつかのまの陽射しを顔に浴びて、頼子は一瞬だけ目蓋を閉じた。

# 第五話　不肖の娘

玲加《れいか》はクローゼットを漁《あさ》っていた。三年着ていないグレーのスーツはたぶん、今後も着用することはない。なにせ購入したのは十年以上前の新入社員だったころなのだ。ジャケットのシルエットが古いし、パンツはサイズが合わなくなりつつある。ハンガーから外して畳み、紙袋に押し込んだ。マドラスチェックのサマードレスを手に取る。去年の夏に買って気に入っているものの、思い返すと一回しか着ていなかった。惜しい気がするけれど、これも自分には必要ないらしい。まるめて紙袋にしまう。

ほかにもなにかないだろうか。売れるものはないか。死蔵していて換金できそうなものは。クローゼットのなかの衣服を引きずり出して吟味する。――そうだ、前に親戚の披露宴でもらったペアマグカップが台所のどこかにしまってあるはずだ。玲加は台所に向かいかけ、はっと顔を上げた。壁掛けの時計を見る。七時半。そろそろ家を出ないと会社に一番乗りできない。

引き出物のマグカップは諦め、大きな紙袋と会社用のバッグを持って玄関へ向かう。ベージュのスプリングコートを着て、藍色のストールをくるくると首に巻き、外に出た。

あくびを噛み殺しながら地下鉄に揺られる。携帯電話を取り出して時刻を確認した。予定よりも早く着きそうだ。給料が支払われない時間帯に会社にいるのは無駄の極みであると玲加は思っている。しかし今朝はそれ以上の金銭的メリットを得られるのだから、多少の眠気ぐらい我慢しなければ、とあくびで目じりに滲《にじ》んだ涙を指さきでぬぐいながら考えた。

それぞれの職場へと向かうひとの群れを足早に掻《か》き分けてビルに入り、エレベーターで総務部と営業部が入っているフロアに着く。ガラス扉の向こうのオフィスは、窓のブラインドが下りているので薄暗い。蒼白い空気の層が蓄積し、まだ夜の気配が残っている。だれもいない。玲加の頬に笑みが刻まれた。

カードキーを差し、暗証番号を入力する。ドアの鍵穴に鍵を突っ込んでまわし、静まりかえったオフィスに足を踏み入れた。荷物を自分の席の足もとに置くと、コートを着たまま壁際の備品をしまっている棚へ向かった。横長の段ボール箱を開け、きのう業者から届いたばかりのプリンタ用トナーカートリッジを抱きかかえるように持ち上げる。持参した紙袋に入れて、うえからストールをかぶせ、中身が見えないようにする。無意識のうちに鼻唄が洩れていた。家のプリンタの紙がなくなりそうだったのを思い出し、アスクルの段ボール箱から

A4コピー用紙の束を取り出す。ついでに十本入りボールペンの箱も手に取った。黒と赤と青の三箱。

「初野《はつの》さん？」

ふいに聞こえた声に、玲加の動きは止まった。おそるおそる振り返ると、等々力《とどろき》が浮腫《むく》んだ頰をさすりながらこちらを眺めている。

「なにしてんの」

彼は分厚い目蓋《まぶた》を持ち上げ、ぎょろりと玲加を見つめて訊《たず》ねた。

「ああ等々力くんか。おはよう。……見られちゃった？ ボールペンをバッグにしまったとこ。横領になるらしいね、これって」わざとらしいほど軽い口調で玲加は話す。

「あ、うん、らしいね」と等々力の生返事。慢性鼻炎なのか、彼の声はいつも鼻にかかっている。

「やっぱ箱ごとはまずいかな」と玲加は呟いて箱を開け、ボールペンを三本取り出してかざす。「三本だけにしとくか」

まだなにか言いたそうな顔をしている等々力を制するように、

「今日から出社なの？」

と質問してみた。

「え、うん、まあ。今回ははじめから二か月間の約束だったから。しばらくは試運転って感じだろうけど。久しぶりなんでいろいろ準備しようと早めに会社に来たら、初野さんが」

「傷病手当関係の書類、あとで谷さんからもらってね。復職おめでとう。病み上がりなんだし無理しないでね」

まったく気持ちのこもっていないいたわりの言葉を述べて、これで話は終わりだとばかりに玲加は椅子に座りパソコンの電源ボタンを押した。等々力が諦めて自分の席へ戻ったことを確認してから、ずっしりと重くなった紙袋をロッカーにしまう。コートを脱いでハンガーに掛け、席に戻った。

オークションサイトにアクセスし、前回拝借したトナーの出品ページを確認する。まだ入札は一件も入っていない。ふう、とちいさなため息を洩らし、手に取ったペンをくるくるまわす。

それにしても、等々力はいつからいたのだろう、と考え込む。等々力という勇ましい名前に似つかわしくない彼の外見を思い浮かべて、玲加は顔をしかめた。ボールペンだけでなく、コピー用紙やトナーを紙袋に詰めるところも見られたのだろうか。確認したいが下手に訊ねるとやぶへびになりそうだ。彼が社内のだれかに告げ口する可能性を考えると、頭が痛んだ。

等々力は玲加にとって同期である。総務部の玲加と営業部の等々力、業務上の接点はそれなりにあるけれど、あまり長い時間話したことはない。二か月の休職期間を終えて職場復帰した等々力だが、今回はいつまで保つだろうか。一年の三分の一ぐらいは休んでいる気がする。「寒いあいだは駄目だ、調子が悪くなる」と以前言っていたから、あたたかくなるこれからの季節はあんがい長保ちするかもしれない。

　調子が良かろうが悪かろうがどうでもいいのだ、あんな、会社の損失にしかならない男。

そう胸のうちで貶しながらメールチェックすると、「☆同期飲み会のお知らせ☆」というタイトルのメールを受信した。送り主は同期で販売促進部にいる北川咲子《きたがわさくこ》で、CCでほかの同期たちのメールアドレスが連なっている。デスクトップの時計を見やると、いつのまにか始業時間を過ぎていた。メールを開いて本文を確認する。

同期のみなさん、おはようございまーす☆
今日から等々力くんが職場復帰しました。
そこで復帰祝いにかこつけて、ひさびさに同期飲みを開催しようと思います！
金曜の夜七時から、お店はいつものハレバレ酒場。
水曜日までに参加or不参加の返事をください。
それでは今日も一日、頑張りましょう♪

返信ボタンを押して新規メール作成ウィンドウを開く。「お疲れさまです、初野です。飲み会は不参加でお願いします」とすばやく打ち込み、送信ボタンを押した。動作には一瞬のためらいもなかった。玲加は同期の飲み会にいちども参加したことがない。無駄金はできるかぎり遣いたくないから。いい加減、このお誘いリストから外してほしいぐらいだ。

昼休み、玲加は給湯室でインスタント袋麺を調理する。弁当やカップ麺よりもはるかに安いので、昼はいつもこれだ。特売で五食パック二百円以下のときにまとめ買いしている。つまり一食四十円以下だ。

小鍋の湯が沸騰するのを待ちながら、携帯のお気に入りリストに登録しているウェブ上の掲示板にアクセスした。使用済みパンツとストッキングを売りたいフリーターやお金に困っている女子大生や家出少女の書き込みが並ぶその掲示板にざっと眼をとおし、それから新たな投稿をする。

『札幌駅近辺で今晩会える男性を募集します。25のOLです。ホ別ゴム有1・5万で。冷やかしNG』

十歳もさばを読むことにこころが痛まないわけではなかったが、しかし正直に三十五歳と申請していてはあまり反応してもらえないだろう。大学時代はソープで働いていた。性風俗のなかでは、本番行為までおこなうソープがもっとも効率的に稼げると思ったからだ。だがじきに、店にピンハネされるのが許せなくなった。個人での売春のすべをさぐってあれこれ試し、いまはこうやって掲示板で相手をさがしている。すっぽかしや空振りが多いし怖い思いをした経験もあるが、自分がからだを売ったお金でだれかが儲けるよりははるかにましだった。

鍋に視線を戻すと、ぐらぐらと沸いていた。ひっきりなしに生まれる気泡をしばらく眺めたあと、はっとわれに返って麺を投入する。

「初野さん、またラーメンですか？」

からかうような、つめたい声が後ろから聞こえた。振り向くと後輩の女の子が給湯ポットを手に立っている。口もとに意地の悪い笑みが貼りついていた。まあね、と玲加は答えて、鍋に向き直る。

駅のロッカーにしまっている服を取り出し、トイレで着替えた。胸もとが深く切れ込んでいるカシュクールワンピース。消えかけていた眉尻を描き直し、つけ睫《まつげ》毛を重ね、濃いベージュの口紅を塗る。掲示板の書き込みに返事をくれた男とは、すでに連絡を取って段取りを決めている。交渉成立。

　約束した場所に向かう前に、玲加はリサイクルショップに寄ってきた。クローゼットを漁って掻き集めた不要品を売ったのだ。スーツ上下とワンピースで千八百円にしかならなかったが、現金を受け取る瞬間はいつだって気持ちが華やぐ。玲加はあの一瞬の悦びを反芻する。財布のなかに不要品が生み出した千八百円があるのだと思うと、白熱灯の明かりが灯るようにぽっと胸があたたかくなった。

　待ち合わせに指定したドトールの席で財布のお金を数えていると、となりに男が座った。気付いていないふりを心がけるが、自然とからだがこわばる。

「……ルルちゃん？」

　てきとうにつけた仮名を呼ばれて、玲加は顔を上げた。こちらを見下ろす威圧的な視線に一瞬たじろいだ。

「そうです、ルルです。タクヤさん？」

「あんたさ、ほんとうに二十五歳？」

　男はなおもじろじろと観察してくる。歳は四十代半ばだろうか。不躾《ぶしつけ》で好色そうな眼差《まなざ》しは、寒気がするほど気味が悪かった。口を開けると前歯が一本ない。普段ならぜったいにかかわりたくないと警戒するタイプだ。

「なにそれ超失礼なんですけど」

玲加はわざと幼稚な声色をつくった。

「まあいいや、行こう」

男に促されてドトールを出た。店員の眼を盗んで席に着いて無料の水だけを飲んでいたため、この店でお金は遣っていない。

「ホテル代もったいないからそのへんでいい？　駅のトイレとか」

歩きながら、男が耳打ちしてきた。絶句したが、すぐに場所なんてどうでもいいと思い直す。そのほうが時間も短く済むだろうし。

「いいけどゴムは？」

「さっきコンビニで買ってきた」

と言って男はコンビニのレジ袋を揺らして見せた。半透明のビニールに四角い紙袋が透けている。コンビニで紙袋に入れられるのはコンドームか生理用品と相場が決まっているのに、周囲の視線が気にならないのだろうか。バッグは持っていないようだけど、せめてポケットにしまうとか、そういう知恵は働かないのか。

はじめはビル内のトイレに向かったが、個室の多目的トイレが故障しているうえにひとの出入りが激しかったので諦め、駅の外れにある利用者の少ないトイレですることになった。

なかにだれもいないことを確認してから、男は男子トイレに玲加を連れ込む。ふたりで狭い個室に入り、鍵をかける。あらためて男は玲加をうえからしたまで凝視する。

「やっぱ二十五じゃないよね。半額にしてよ。厭《いや》ならほかの子さがすから」

男の申し出に腹を立てつつ、玲加はすばやく頭を働かせる。また募集をかけてレスを待って連絡して、という手間とタイムロスを考えると、ここで断るのは得策ではない。

「……その代わりいま払ってくれる？」と交渉してみた。

男はポケットをさぐり、千円札を数枚取り出してよこした。玲加は受け取るとすぐに枚数を数える。七枚。

「なにこれ。一万五千円の半額って七千円じゃないよね？」

「わかったわかった、細かいのないから八千円あげる」

と言って、男は追加の千円札をもったいつけて玲加に手渡す。朱《あか》いしみやしわにまみれた、汚い千円札だ。玲加は紙幣を財布にしまうと、男に背を向けてストッキングとショーツを一気に下ろした。「ひとが来ちゃうからすぐ入れて」指に吐き出した唾液を自分の陰部になすりつけながら誘う。

「その前に口で」と男がベルトの金具を外しながら命じたので、玲加はしゃがんで男のものを咥《くわ》えた。湿った毛が頬にまとわりつき、すえたにおいが鼻腔《びこう》を刺激する。えずきそうになったが、鼻から息を吐いてどうにかこらえた。頭のなかを空っぽにし、ひたすら舌を動かす。早く男を欲情させてとっとと終わらせたい。カシュクールワンピースの胸もとをぐいっと広げてブラジャーから乳房を出し、その谷間にペニスを挟んだ。胸で擦りたてながら、乳房のあいだから飛び出している先端にくちびるを這わせ、舌でねぶり、強く吸いつく。

「動画撮らせてよ」

「駄目」

「千円プラスするから」

「じゃあさきに払って」

男は腰を引いてポケットをさぐり、千円札を出した。玲加はそれをしまうとふたたび男の股間に頭を沈める。ちらりと視線を上げると、携帯のカメラがこちらを向いていた。

「金さえもらえればなんでもやるんだ？　守銭奴かよ、プライドとかないわけ？　知らない男に撮影されるのがどんなに危険かわかってる？　危機意識が足りないな。莫迦《ばか》だよね最近の女って。いや、女はいつの時代も莫迦か」

売春相手の男に説教されたり侮蔑されたりすることには慣れている。自分だってお金で女のからだを好きにしているのに、勝手なものだ。

「ねえ、殴らせてくれる？　また千円追加で」

男は玲加の頰をぎゅっと摑んで耳打ちした。

「千円じゃ厭」

「二千円」

男の声に頷くのとほぼ同じタイミングで、こぶしが頰に飛んだ。床に倒れた玲加は後頭部をしたたかに壁に打つ。痛みをこらえて頭をもたげると、男がコンドームのパッケージを開けて装着するのが見えた。玲加の脚を持ち上げ、そのつけねに自分のものをねじ込む。ろくに潤っていなかった部分をみちみちと開かれる痛みよりも、殴られた頰の痛みよりも、玲加は濡れたトイレの床に接している背が気になっていた。このワンピースは家の洗濯機で洗えないから、クリーニングに出さなければいけない。クリーニング代が余計にかかる。違う服を着てくればよかった。口のなかに鉄に似た血の味が広がる。男の腰の動きが速くなった。ぬるい汗が顔にかかる。そろそろかな、と思っていると、男の動きがとまって呻き声が耳に届いた。薄いゴムの膜ごしに、一片の好意すら持てない男の精液を感じる。

男が去ったあと、玲加はポケットから軟膏《なんこう》を取り出して、ひりひりと痛む性器に塗り込んだ。血が滲んでいたらしく、白い軟膏はピンクに染まった。女子トイレに移動し、洗面台の鏡を見ながら乱れた髪と化粧を直す。それから例の掲示板にアクセスした。新たな募集書き込みをおこなう。値引かれてしまったぶんを稼がないと、家に帰る気にはなれなかった。今度はお小遣いが欲しい二十八歳の専業主婦という設定にしておいた。希望額も一万円に下げておく。すぐに男が釣れますように、神さまお願いします、と玲加はアンモニア臭に満ちた駅のトイレで祈った。

*

午前中にやらなければいけない急ぎの仕事を片付けると、玲加は会社のトイレに逃げた。きのうの駅のトイレとは違い、清潔で消臭剤の花の香りがただようトイレだ。便器の蓋《ふた》を下ろしてそのうえに座り、膝に頭をのせて眼を瞑《つぶ》った。すぐに意識が遠のいていく。あのあと続けてふたり相手にしたので、ほとんど眠らずに会社に来たのだ。殴られて腫れた頬は、寝ぼけてドアノブにぶつけたと説明した。そんな言い訳を信じる人間はいないと思うが、だれも突っ込んで訊《き》いてこなかった。

心地よい白い靄《もや》のなかでうとうとしていると、ポケットの携帯電話が震えた。無視しようと思ったけれど、あまりにも長く続くので舌打ちをして携帯を取り出す。画面には母がいる施設の名前が表示されていた。

「はい、初野です」

「『ひだまりの家』の山田です、ごぶさたしております」

　こちらこそいつも、すみません、と玲加はあいまいな言葉を返す。ごぶさたなのは玲加のせいだった。顔を出さなければ、と思いつつもう何か月も行っていない。

「きのうの夜、多喜子《たきこ》さんが熱を出しまして。お電話を差し上げたのですが出ていただけなかったもので、翌日のご連絡になってしまい、申し訳ございません」

　そういえば、きのう三人の客をとったあとに携帯を見たところ、非通知の着信が残っていた。あれは「ひだまりの家」の山田さんからの電話だったのか。

「いえ、電話に気付かなくてすみませんでした。母の具合はどうですか」

「救急病院の夜間診療を受けまして、今朝は平熱近くに戻りつつあります」

「出張続きでなかなかそちらに顔を出すことができなくて、すみません。近々お伺いします。母のこと、よろしくお願いいたします」

　総務部の玲加に出張はない。「近々」がいつになるのかは玲加本人にすらわからない。

　通話を切ると、睡魔はすっかりどこかへ去っていた。寝るのは諦めて立ち上がる。廊下に出たとたん、だれかにぶつかった。顔を上げると等々力だった。

「あ、ごめん初野さん。なんかふらふらしてるけどだいじょうぶ？」

　なんでもない、と答えて通り過ぎようとする。

「もしかしてトイレで寝てた？　おでこに寝あとついてる」

と等々力に笑われ、玲加はあわてて自分の額に触れた。皮膚がぼこぼこしている。シャツの袖のボタンが額に当たっていたのだろう。

「それにほっぺたの腫れはなに？　痛そう」

「朝、寝ぼけてドアノブにぶつけて」

本日何度めかの言い訳を口にすると、等々力はぷっと噴き出した。

「そんなとこドアノブにぶつけるわけないじゃん、もうちょっとマシな理由考えなよ。いろいろたいへんそうだね、初野さんも。これから昼食いに行くんだけど、いっしょにどう？」

「ごめん、もう買ってあるから」

玲加はそう答えると歩き出した。等々力はしつこくついてくる。

「どうせインスタントラーメンだろ、しかもスーパーのストアブランドのまずいやつ。毎日あんなの食っててよく飽きないな。そもそもからだに悪すぎる」

「べつに長生きしたいわけじゃないから」

「病気になっても早死にできるとは限んないけどね。じゃあさ、今日仕事終わったあと飲みに行かない？　どうせ初野さんは金曜の同期飲みは欠席だろうし」

「今日は用事があるんで」

と言い捨ててオフィスに戻ろうとする。

そのとき、

「プリンタのトナー、とコピー用紙」

と等々力が床に視線を落としたまま呟いた。独りごとのように。

玲加は立ち止まり、眼をすがめて彼を見る。なにを考えてるんだかわからない、あいまいにぼやけた顔つきを。

「……脅すの？」

「べつに。たまには初野さんと飲みたいなーと思っただけ」

玲加は彼を睨みつけ、口を開いた。

「仕事が終わったら呼びに来て。店は等々力くんが決めてね」

今度こそ、彼に背を向けて歩き出す。


等々力に連れて行かれた店はチェーンの焼き鳥屋だった。安い価格帯の店であることに玲加はほっとしていた。奥の座敷席から学生の騒ぎ声が聞こえる。玲加の手もとにはビールのジョッキがあるが、等々力のドリンクはウーロン茶だ。

「飲みに行こうって自分から誘ったくせに、なんでウーロン茶なわけ」

「薬の関係でアルコールは控えてるんだよね。あ、そうだ薬飲まなきゃ」

お薬お薬、と歌うように呟きながら等々力は鞄から調剤薬局の薬袋を取り出し、テーブルに置いた。ぷちぷちと錠剤を押し出して、一列に並べる。オレンジ色の錠剤がふたつ、きれいなブルーの小ぶりな錠剤が三つ、まんなかにラインが入った白い楕円の錠剤がひとつ。

「これがSSRI、これは三環系の古い抗鬱薬《こううつ》、こっちが抗不安薬」

訊いてもいないのに等々力は薬の説明をする。うきうきしているようにすら見えた。病気自慢かよ、と玲加は内心うんざりする。

「あ、興味ない？　ごめんごめん」

と謝って等々力は錠剤をまとめて手のひらにのせ、口に含んだ。ウーロン茶で流し込む。上下する喉仏の尖りを眺めながら、こんなに多くの錠剤をいちどに飲み込めるなんて、と玲加は妙なところで感心した。玲加の母は錠剤を嚥下《えんげ》するのが苦手だったので、いつもミルで砕いて飲ませなければいけなかった。

「ん？　なに？」

玲加の視線に気付いた等々力が顔を上げる。

「薬はウーロン茶じゃなくて水で飲みなよ」

と笑って指摘したら、等々力も笑った。しかし彼はすぐに顔を引き締め、「ちょっと見てもらいたいもんがあるんだけど」と切り出す。

本題か、と身がまえていると、等々力は携帯を取り出してなにやら操作し、そして玲加に突き出した。受け取って画面に顔を近づける。見慣れたページが表示されていた。

「このIDレイカなんちゃらって出品者、きみだろ」

玲加が出品したトナーカートリッジのオークションページだった。ここまで突き止めているとは、あんがい彼は優秀なのかもしれない。

「あんなでかいトナーなんて家庭用のプリンタには対応していないし、中古PC販売店かオークションで転売してるんだろうなって思って調べたら、案の定。悪事を働いているんだから、もうちょっとひねったIDにしなよ」

玲加は呼吸を整えて驚きをやりすごすと、彼の眼を見て口を開いた。

「——で、どうするの？　上に告げ口する？　私が会社の備品盗んでネットオークションに出して私腹を肥やしてるって」

「いや、なんでそこまでやるんだろって気になってるだけ。たんなる好奇心。飲み会毎回断るのも金がもったいないから？　昼の袋麺調理といい、病的だなあって思って。マジで病気のおれが言うのもへんだけど。……なんか目標でもあるの？　それとも借金？　家族が入院してるとか？」

確かに母は施設にいて恢復《かいふく》の希望は持てないが、費用は遠くで暮らす父が払っているので玲加には関係ない。

「目標も借金もないよ。お金は少しでも多くあったほうがいいでしょ。独身だし将来なにがあるかわからないし。貯金通帳の残高が増えていたら嬉しくない？」

「そりゃそうだけどさ。袋麺なんて、一週間食べ続けたら見ただけで気持ち悪くなるだろ。一生食いたくないってならない？……ま、おくすり手帳の薬歴が増えているのを見て喜ぶおれよりは、健全かもしれないけど」

「おくすり手帳？」

「いや、こっちの話」

「そう。で、ここの支払いが横領の口止め料ってことでいいの？　それともほかのこと望んでる？……たとえば、こっちの方面とか？」

玲加は語尾に甘い声音を滲ませ、頬杖《ほおづえ》をついて上目遣いで等々力を見つめながら彼の手の甲に浮く血管を指さきでなぞった。お金をもらえないセックスは気が進まないが、男を懐柔するにはこれがてっとり早いだろう。「ね？」と熱っぽくとろける声で促すように問いかける。

眼を泳がせて動揺するか、でれでれと鼻のしたを伸ばすか、憮然とするか、そのいずれかの反応を示すだろうと思っていたのに、等々力は違った。寂しそうな笑みを浮かべ、玲加の手を摑んで押し戻す。

「ごめん、薬の副作用でそっちは元気ないんだよね」

彼は素っ気なく告げた。

そうなんだ、と玲加は呟いてうつむく。羞恥で頰が熱い。

「あっ、でもラブホってゲーム機あるよな？　ＷｉｉとかＰＳ３とか。ゲーム機とソフト、全部弟に譲っちゃってずっとやってないから、ひさびさにゲームやりたい。つきあってよ。それで口止めってことで」

顔を上げると、焼き鳥のたれがついている等々力のくちびるがうっすら笑った。

Ｗｉｉのテニスゲームで対戦したが、玲加は試合にならないほど弱かった。すぐにコントローラを投げ出す。ベッドに横たわると眠気がおとずれた。からだが重くなり、シーツの海に吸い込まれていくような感覚に包まれる。

「トイレで仮眠とるほど眠かったんだもんな、いいよ寝てな」

ゲームに集中したまま、等々力が言った。玲加は眼を瞑る。

喉の渇きや尿意で何度か起きたが、等々力はずっとあぐらをかいてゲームに興じていた。

眼が疲れるのか、ときおり目蓋をぐりぐりとこすっている。

「等々力くんは寝ないの？　ダブルベッドだけど、私のことはぜんぜん気にしないで寝ていいよ」

「おれ、いつもあんまり眠れないんだよね。この時間に眠剤飲んだら会社行けなくなるだろうし」

テレビのカラフルな明かりを浴びている彼の横顔をぼんやりと眺めていると、妙なことになってしまったという感慨がこみ上げた。安くはない宿泊料金を払って、こうやってテレビゲームに興じる等々力を見ながら眠るなんて。すごく無駄だ。無駄の極み。そもそも等々力は、ほんとうにゲームなんてやりたかったのだろうか。たぶん彼は、誘いをかけてきた玲加に恥をかかせないため、ホテルに来たに違いない。鈍感そうな見かけによらず気を遣うタイプなんだな、と玲加は眠りと眠りのあいだで考える。

「――そろそろ起きて。始発、動き出すから」

おそるおそる、といった感じで肩を揺さぶられた。どのぐらい寝たのだろう。ノンレム睡眠の最中だったらしく意識がはっきりしない。玲加は寝返りをうち、あと五分、と呟いてシーツに顔をうずめる。

「駄目。起きなさい」

頭を持ち上げられる。なにかの気配が近づいてきた、と思ったら口づけされて、それで完全に眼が覚めた。等々力は玲加の顔を見つめ、くすりと笑った。彼のそんなに無防備で無垢《むく》な表情は、はじめて見た気がする。目の前の女がどれほど汚れた女であるか、気付けないのだろうか。玲加は等々力のかさついたくちびるの感触が残る口もとを、乱暴にぬぐった。罪悪感から視線を逸らす。

部屋の自動精算機に紙幣が吸い込まれていくのを見るのはつらかった。「痛いなあ、出費」と無意識に独りごとが洩れる。

「まあ、たまにはこういう無駄遣いも必要だよね」と等々力がいい加減なことを言って、玲加は「同意できない」と苦笑した。

ふわふわと雪が舞っている外に出ると等々力はタクシーを停めた。初野さんも乗らないかと誘われたが、玲加は「駅まで歩きたいから」と断った。タクシーを見送って、ひとり、まだ暗くて底冷えするラブホテル街を歩く。分厚い毛皮のコートを着た初老女性が電柱の陰に立っているのが見えた。周囲を見渡し、もうひとり似たような女性を発見する。立ちんぼ、と玲加は口のなかで呟いた。街娼である彼女らは玲加の母親と同世代か、それよりも年上に見える。街灯に照らされて、白粉の不気味な白さとべったりと濃い口紅が目立っている。ふたりともブルドッグのようにたるんだ顔つきをしていた。毛皮のせいか、ディズニーの『1

01匹わんちゃん』に出てくる悪役の女を彷彿《ほうふつ》とさせるたたずまいだ。

買う男が存在するから、こうやってホテルのわきに立っているのだろう。あんな女でも金銭的価値がある。そして玲加は、換金できるものは換金しないと気が済まないのだった。稼ぐことは自立することであり、いくら稼いでも満足などできない。処女を売ったのは十五の冬で、あるんだかないんだかあやふやな存在の膜は七万円に化けた。いま、処女の十五歳がからだを売ったところで、その値段はつかないに違いない。時代は変わったのだ。二十年。とても長い時間が流れた。高校を卒業して大学に入って大学を出て社会人になって中堅社員になって。そのあいだ、ずっと肉体をお金に換え続けた。へんな病気をもらった回数も片手では数えきれない。中絶経験は十八歳のときの一回だけで、それから避妊には気を遣うようになった。からだの負担を考えてのことではなく、中絶費用がもったいないから。こんな状態でものうのうと生きていられるのは、処女を売るずっと前から壊れているせいだ。

玲加は街娼たちに視線を戻す。六十は過ぎているように見える彼女らは、いったいいくらで自分を売っているのだろう。三十路にさしかかったころから玲加の値崩れはとまらない。今後どこまで下がっていくのか、と考えると寒気がこみ上げる。

雪は雨に変わりつつあった。一歩歩くごとに靴に水が染み込む。ぐちゃぐちゃと鳴る靴のなかで、玲加の足指は冷えていく。ふと思いついて携帯を取り出し、オークションのページにアクセスした。トナーに入札が一件入っている。嬉しいはずなのに、玲加のくちびるはほほ笑む代わりにため息をこぼした。

＊

「谷さん、傷病手当のことなんですけど」

ぐずぐずと鼻にかかった等々力の声が斜め向かいから聞こえて、キーを叩く玲加の指が一瞬とまった。パソコン画面を見つめたまま、耳をそばだてる。等々力は部長の谷さんと傷病手当の書類について相談している。

ラブホテル前で別れてから、まだいちども等々力と会話を交わしていなかった。顔を見たくなかったから、なるべく彼が所属している部の周辺には近づかないようにしていた。自分にキスをして無邪気に笑う男に気を許したら、取り返しのつかないことになってしまう。そんな予感があった。

「あの、初野さん」

となりの席の後輩に話しかけられて、玲加はびくりと跳ねた。

「なに？」

「初野さん、トナーって最近注文しましたよね？」

玲加は首を傾げ、「どうだったかな、よく憶えてない」ととぼける。

「『トナー切れたから注文しといて』ってさっき営業に頼まれたんですけど、最近、異様に消耗が早い気がします」

「トナーの消耗ペースなんてあんまり意識したことないなあ」

斜め向かいに立っている等々力の耳に、この会話が届いていないか気になった。玲加の窮地を内心面白がっているのではないか。ここからでは表情がよく見えないが、にやついていないだろうか。

「つい数日前まであそこの棚に新品があったはずなのに。なんかおかしい」

「だれかが使ったんじゃないの？」

「一日二日でトナー使い切るほど印刷すると思います？」

等々力の顔がこちらを向く。視線がかちあった。玲加はあわてて目を逸らす。

「あ、おれ、きのう報告書つくるときに失敗して大量にコピーしたんで、そのせいかも」

唐突に、等々力が会話に口を挟んできた。

「なんだ等々力さんのせいだったんですか？　無駄なコピーはやめてくださいね。経費削減！」

後輩が冗談めかした口調で等々力を責める。

ほーい、と等々力はふぬけた返事をして営業部のほうへ戻っていった。

玲加は遠ざかる等々力の背を睨む。助け船を出したつもりか。恩を売るのか。余計なお世話だ。たったひと晩いっしょに過ごしただけで共犯気取りか。寝てもいないくせに。苛立たしくキーボードを叩いて、いまのやりとりを忘れようとした。

＊

待ち合わせ場所にいたのは、あの値下げ交渉して動画を撮影して頰を殴ってきた男だった。顔はよく憶えていなかったが、薄汚れたウィンドブレーカーが同じだし、なによりきつい目つきでせわしなく周囲を窺《うかが》ってだれかを待っている。

きのうは空振りだった。終電ぎりぎりまでマクドナルドの百円のコーヒーで粘って掲示板の書き込みの返事を待っていたが、諦めて帰宅した。おとといも駄目だった。ひとりめにすっぽかしを食らい、ふたりめはホテルに行く前にATMでお金をおろすからと言って途中で消えてそれきりだった。玲加の外見が不合格だったのだろう。

今日は土曜日で、玲加は基本的に週末は家で休むことに決めている。しかし今週はノルマを達成できなかったうえに等々力とのラブホ代などで散財してしまったから、掲示板で募集をかけて街に出てきたのだ。今回は「二十七歳の欲求不満のナース、名前はモモ」という設定だった。このあいだとは違う掲示板を利用したし、男も名前を変えていたため、あの傲慢《ごうまん》で暴力的な男がふたたびやってくるとは予測していなかった。

玲加は柱の陰に隠れて考える。あいつとまたセックスすべきか、それともほかをさがすべきか。あの男はまた値引きを迫ってくるだろう。殴られるのも喜ばしくはないが、それほど痛くなかったし、追加料金がもらえるからそう悪い話でもない。不意打ちだったから驚いて腹が立ったわけで、最初から殴られるとわかっていれば我慢できる。もっと酷《ひど》い行為をされたことだってたくさんある。粗末に扱われることには慣れていた。待ち合わせ場所に出向いたら複数の男が待っていて、フルスモークのワゴン車に押し込まれかわるがわる犯されたことだってあった。

頭のなかでせわしなく電卓を叩き、プラスとマイナスの秤《はかり》にかける。しかし玲加は、急にふっと莫迦らしくなった。

自分はあの男が心底嫌いだ。だれかに命じられているわけでもないから、嫌いな男とセックスする必要などない。いままで買春男の好き嫌いなんて考えたこともなかった。そんな自分を不思議に思う。買春男に限った話ではない。異性に対しても同性に対しても、玲加は他人に対して好きだとか嫌いだとか感じたことはなかった。

男に見つからないよう、足早に待ち合わせ場所から去った。家に帰ろうかと迷ったが、当初土曜日に行こうと決めていた場所へ向かうことにする。

地下鉄に乗り、それからバスに乗り換えた。目的地に近づくごとに鼓動が速くなり、胃がきりきりと痛む。斜め前の席で、小学校低学年ぐらいの女の子とお母さんがあやとりをしていた。女の子がなにごとかを熱心に喋って、お母さんはやわらかく甘い声で相槌をうっている。ふたりの手と手を行き来するぽわぽわとしたクリーム色の毛糸を、玲加は睨むように凝視した。眼球が痛くなるほどに。

車内放送がつぎのバス停の名を告げる。「ひだまりの家」の最寄りのバス停だ。震える指で降車ボタンを押した。ピンポーン、と鋭い音が響いて、玲加は身をかたくする。

横断歩道を通過してバスは停車した。ドアが開く。降りなければ、と焦るのに、玲加はどうしても立ち上がることができなかった。となりに座っているおじいさんが怪訝そうな眼差しを向けてくる。

結局、さらにバス停をふたつ過ぎたところで、玲加はようやく降車した。はじめておとずれる、知らない土地だった。

呆然と周囲を見渡していると、「あれ、初野さん？」と背後から呼びかけられる。振り向くと、黒いぺらぺらのコートを着た等々力が疫病神みたいに立っていた。足もとはジーンズにスニーカーで、私服の彼を見るのははじめてだと気付く。会社のときよりもこころなしか幼く見える。見慣れぬ黒縁の眼鏡が重たそうだが、普段はコンタクトレンズで休日だけ眼鏡なのだろうか。

「ばったり会うなんてすげえ偶然。おれ、この近くの心療内科に通ってて。その帰り」

訊いてもいないのに、等々力はそう説明して建物の一角を指差す。どこが彼の通う病院なのかはわからなかったが、玲加は彼の指が示す方向を見て頷いた。

「私は知り合いの家に行って帰るところ」

とてきとうな嘘をつく。

「じゃあタクシーでいっしょに帰ろう」

「タクシー割り勘にするよりも、バスのほうが安いよ」

なんでこの男は薄給なのにタクシーを頻繁に使うんだ、と苛立ちながら玲加は提案した。等々力は「うーん、そんなにバスに乗りたい?」と納得できない顔をしていたが、しぶしぶ玲加のあとについてバス停に並ぶ。

「どうだった? きのうの復帰祝いの飲み会」

沈黙が気まずいので、玲加は興味のないことを質問した。

「まあ、復帰祝いっていうか、あいつら呑んで愚痴言って馴れあいたいだけだから」

「せっかくお祝いの会を開いてもらったのに、そんなこと言っちゃ駄目だよ」

バスが来たので乗り込む。座席はほぼ埋まっていたので、ふたりは並んでつり革に摑まった。

「そういやトナーは売れた？　オークションの終了日、きのうじゃなかったっけ」

「まあね。あんまり金額上がらなかったけど。自作自演でつり上げればよかったかなあ」

トナーのオークションは昨夜終了した。最終的に二件の入札が入った。落札者に連絡をしなければ、と思うが気が乗らなくてまだ手をつけていない。いままでネットオークションの作業を負担に感じたことはなかったのに、億劫《おっくう》でしかたがなかった。

玲加はしばらくオークションのことを考える。今日じゅうには連絡をとらないとまずいだろう。悪い評価をつけられてしまう。帰ったらすぐにやろう。

ふと、となりの等々力がさっきから無言であることに気付く。何気なく顔を横に向けて、玲加は息をのんだ。顔色が真っ青だ。こめかみに大粒の汗がいくつも浮いている。酸欠の金魚のように口をせわしなく動かして、荒い呼吸を繰り返していた。青黒い隈《くま》に縁取られた眼はどろりと濁ってなにも映していない。

「え、どうしたの？　過呼吸？」

等々力は無言で首を左右に振った。そのあいだにも汗はしたたって床に落ちる。つり革を握りしめている手は小刻みに震えている。ちょうどバスが停まって、車内アナウンスが流れた。目的地ではなかったが、玲加は等々力の腕をとって出口に向かい、ふたりぶんの運賃を払って降りる。触れた彼の手は、ぞくっとするほどつめたかった。

等々力を公園のベンチに横たわらせて、玲加は自販機に向かった。財布の小銭入れを開いたが十円玉と一円玉しか入っていなかったため、千円札を取り出す。しわだらけだったので、よく伸ばしてから自販機に投入した。しかし自販機は千円札を吐き出した。玲加はもういちど伸ばして入れ直す。それを三、四回繰り返して、ようやく千円札が受け入れられた。ミネラルウォーターのボタンを押しながら、いまの薄汚れた千円札はあの不快な男からセックスの代償に受け取った紙幣だと気付く。一万五千円の半額で、と言ったのに七千円を渡してきた男に文句を言って奪い取った千円札なので、印象に残っていた。

ベンチに戻ると等々力は起き上がっていた。玲加は無言でペットボトルを渡し、となりに腰を下ろす。等々力は蓋を開けてこくこくと水を飲み、嘆息した。どこかで鳥が鳴いている。聞き慣れない鳴き声だ。どこにいるのだろう、と玲加は空を見上げる。

「びっくりしただろ」

等々力は穏やかに言って鼻を啜《すす》った。はにかむような、悔やんでいるような、あいまいな面持ちで。蒼白だった顔には少しだけ色が戻ってきている。

玲加はぎこちなく頷き、いま自分が考えていることを話そうか話すまいか迷った。黙っているのは、見られたくないすがたを晒したであろう彼に、フェアじゃない気がした。無理にバスに乗せた引け目もある。

数秒の逡巡のすえ、玲加は口を開いた。

「あんな発作ははじめて見たから驚いたけど、でも、そういう病気のひとは身内にもいたから」

等々力は意外そうに顔を向けた。

「家族にパニック障害のひとが？」

「ううん、双極性障害――つまり躁鬱《そううつ》病だったの。母親が。私がちいさいころから」

冷静な口調のまま告げることができた。

そううつ、と等々力がゆっくり呟く。

「鬱期はずっと寝込んでいるから、家族の負担はそれほどでもなかったんだけどね」

いや、それは嘘だ。ひどい鬱状態の母はほんとうになにもできない。トイレにすら行けなくなるので、玲加は下の世話をしなければいけなかった。母親のおむつを替え汚れた陰部を清めた経験のある小学生なんて、自分のほかにいるだろうか。

「お母さんが寝込んでるなら、家事とかは家族が分担しなきゃいけないだろ。けっこう苦労したんじゃないの？」

「ひとりっ子だったし父親は仕事人間だったから、料理や掃除や洗濯は私の役割だった。でもね、たいへんだったのはむしろ躁期のほう」

「そういうもんなの？　活動的になってよさそうだけど」

「ずっと喋り続けるから相手をするのがしんどいし、遊び歩いて連絡つかなくなるし、万能感に満ちてるみたいでこっちが傷つくことをばんばん言ってくるの。それよりも、いちばん困るのがショッピング。衝動的に大きな買いものをすることが多くて。ある日学校から帰ったら居間をグランドピアノが占領していたり。車を勝手に買い換えたり。ペット禁止マンションなのに犬を買ってきたり。しかもジャーマン・シェパード。でっかくなるのに。キャッシュカードやクレジットカードを取り上げたら包丁持ち出して暴れるし」

かわいらしい仔犬のジャーマン・シェパードをペットショップへ返しに行った日のことを思い出し、胸が痛んだ。あたたかくて張りのある毛並み。曇りのない真っ黒な瞳。できることなら飼いたかったが、あの家の状況では無理だった。

「ひたすら寝込んでいるか、落ち着きなく出歩いて浪費するか。その二択しかなかった、うちの母親には。生産性ゼロ。お金を稼いだこともない」

生み出したのは、私というどうしようもない娘だけ。育てられないなら産むべきではなかったのに。

「いまは？　たいへんだったって過去形で話してるってことは、お母さん落ち着いたの？」

「落ち着いたといえば落ち着いたんだけどね。……双極性障害を何度も再発していると、認知症のリスクが高まるって説があるの。どのくらいの割合なのかは知らないけど。数年前から怒りっぽくなって支離滅裂なことばかり言うから、どうしたんだろうって思っていたら、若年性認知症だと判明して。いまは施設にいる」

さんざん迷惑をかけた娘の顔すら、母はもうわからないのだ。

ふいに、胸に激しい感情の波のようなものがこみ上げる。数年ぶりに泣いてしまうかも、と焦ったが、涙は出なかった。ただ、肩が羽ばたくように痙攣《けいれん》し、あえぎ声みたいなため息が洩れる。

だいじょうぶ？　と訊かれて、玲加は眼を閉じて頷いた。ぬくもりが戻りつつある等々力の手が、玲加の手に重ねられる。

ごめんなさい、と謝ろうとしたが、呼吸が乱れて言葉にならなかった。汚れきった女に触れさせてしまってごめんなさい。ひとに言えないことばかり経験していてごめんなさい。三十代も半ばなのにずっと不安定なこころのままでごめんなさい——。

「おれだって生産性乏しいよな。甲斐性も貯金もないし。この調子じゃ会社にいつクビ切られてもおかしくないし」

等々力はいったん黙って、ペットボトルの水を口に含んだ。そしてまた言葉を紡ぐ。

「……でもさ、こうやって、ときどき話を聞いたり喋ったりはできるよ。あんまり気の利いたことは言えないけど。ユーモアセンスもないけどね。つきあってた子に会話がつまんないって振られたこともあるし」

そう言って彼は、ははは、と乾いた笑いを洩らした。

玲加は地面をじっと見つめる。視線のさきにある泥まみれの汚い残雪からは、仄《ほの》かに土のにおいがした。春の香り。

——今日、ほんとうは母のところに行こうとしていたの。でも途中で引き返しちゃった。ひとりで向きあうのは怖くて。ねえ、等々力くん、いつかお見舞いにつきあってくれる？

そう頼む代わりに、なにも言わず等々力の手を取って両手で包み込んだ。彼の手はしっとりと湿っていて、玲加の手にやわらかく吸いつく。今度こそ玲加の眼球に涙の膜が張った。まばたきすると、ひとつぶだけ滑り落ちる。

# 第六話　愛を振り込む

今日も更新されていないんだろうな、と半ば諦めながら、穂乃花《ほのか》はインターネットブラウザのブックマークからそのブログを開いた。ほとんど習慣化された動作だ。

3月21日

さっき気付いたら無意識のうちにGoogleの検索窓に胎児と打ち込んでいて狼狽した。俺は深層心理では胎児の段階からやり直したいと思っているのか。もとの卵子と精子がまずいのだから、胎児からやり直したところでどうにもならないのだが。深夜コンビニに立ち読みしに行ったら、瞳孔が開ききったおっさんがずっと棚のポテトチップスに向かって「お前は駄目な人間だ屑だ汚物だ死ね死ね死ね死ね死ね」と喚いていた。未来の自分を見るようでいたたまれなくてそっと眼を逸らした。罵声を浴びているポテトチップスはカルビーのコンソメパンチだった。ああ、それにしても腹が減った。コンソメパンチのことなんて思い出したせいだ。くそが。きのうから水道水しか胃に入れていない。視界がまわる。爪が地層のようにでこぼこしている。痛風が悪化してあちこち痛むが、保険証がないので病院に行けない。虫歯も酷《ひど》い。いっそ歯に糸をくくりつけて引っこ抜くべきか。それは恐ろしい。俺にはこの期に及んで怖いものがいっぱいある。

——更新されている。穂乃花は眼を見開いて、画面を凝視する。およそ半月ぶりだ。改行なしでみちみちと詰め込まれた文章を、繰り返し読む。何度も何度も。そうしているうちにようやく内容が頭に入ってきて、感慨がこみ上げた。「彼」はまだ生きている。あいかわらず苦しそうだが、それでも。良かった、と穂乃花は鼻を啜《すす》る。

客観的に見て、これが面白いブログなのかどうかはもはやわからない。以前はもっと、読み物としての魅力があった。笑わそう、驚かそうというたくらみがあったし、実際、本にして売れるんじゃないかと思うほど面白い時期もあった。いまは独りごとの垂れ流しだ。世界でこれを読んでいるのは自分と「彼」本人だけなのかもしれない、と穂乃花はときどき考える。

パソコンの画面に触れてみた。無味乾燥なゴシック体の文字を指でなぞる。その文字をタイプする「彼」の息遣いに思いを馳せる。液晶に頬をくっつけて、目蓋《まぶた》を閉じた。

内容なんて、どうでもいい。「彼」がまだ生きていて、こうやって文章を綴ってネットに上げる余力があるということ。それがすべてだ。

穂乃花は部屋着のスウェットのまま上着に袖を通し、床に落ちている財布をポケットに入れた。泥まみれの靴を履いて外に出る。昼過ぎに起きてから顔を洗っていないし歯も磨いていない。向かう先は近所の銀行だった。ＡＴＭの列に並び、順番を待つ。利用し終わって帰る男が何気なく顔を上げ、穂乃花を見てぎょっと顔色を変えた。

穂乃花はその男を無視して空いたＡＴＭの前に立つ。財布から千円札を抜いた。機械の案内に従ってタッチパネルを押していき、すっかり暗記している口座番号を入力する。振込カードはつくっていない。一文字ずつ番号を入力する行為にこそ、喜びがあると考えているからだ。開いた口に千円札と手数料の小銭を入れる。蓋《ふた》が閉じ、お金が無事受け入れられたことを確認すると、ほうっとため息が出た。

おひねり。投げ銭。チップ。言葉はいろいろあるけど、どれも芸やサービスに対して支払う対価のことだ。あのブログが更新されるたび、穂乃花はこうやって千円を振り込むことにしている。口座番号はブログのプロフィール欄に載っていた。お金をください、といった物乞いの言葉は書かれていない。ただ銀行の口座番号が記してある。物欲しげにも傲岸《ごうがん》にも感じる。こちらを無言でうかがっている暗い双眸《そうぼう》が、パソコンの画面ごしに見える気がした。

ない。

「彼」らしい、と穂乃花は会ったこともない男のことを思う。

銀行を出ると陽が傾きつつあった。そろそろ工場の夜勤に出かける準備をしなければいけない。

今日の穂乃花は鯖の味噌煮の担当である。ベルトコンベアを流れる弁当容器にすばやく鯖味噌を盛りつけていく。手と眼は忙しいが頭のなかは暇なので、思考は「彼」のところへ飛んでいきがちだ。

もう入金に気付いただろうか。いまごろ引き落としているだろうか。振り込んだ千円をどう活用するのだろう。食費や光熱費やプロバイダ料金の足しにするのか。煙草か酒か。思いきってサービスデーに映画を観に行くのか。そのどれでもかまわないけれど、ATMが吐き出した千円札を見る「彼」の顔に、一瞬でも笑みが浮かびますように、と願う。

千円の用途を想像しているとき、穂乃花はいちばん満たされる。甘やかな気持ちになれる。人生に残された、ささやかな喜びだ。パンドラの箱の底に見つけた希望。

会ったことはない。それどころか連絡を取ったことすらない。メールを送ったこともなければ、ブログにコメントを書き込んだこともない。穂乃花という人間を、「彼」はまったく知らない。ただ、通帳に記帳される送金者名だけは見知っているはずだ。「彼」の通帳には、千円を振り込む「サクライホノカ」という名が何度も登場しているだろうから。

桜井穂乃花。桜に穂に花。植物がらみの漢字が三つも入っている。みずみずしく華やかで、いかにも女性的だ。片仮名でもその印象は変わらない。通帳に書き込まれた名を見て、「彼」はなにを思うのだろう。どんな女なのか想像を膨らませるはずだ。清純そうな若い女か、それともいわゆるいい女を思い描いているのか。だとしたらなおさら会えない、と穂乃花は白いマスクの奥でくちびるを嚙む。

妖怪、油粘土、瘤《こぶ》取りババア、ヘドロ、酢豚、ゾンビ、ゴブリン、月面クレーター、麻原彰晃、プレデター、吐瀉物《としゃぶつ》ちゃん、五兆円。それがこの世に生まれ落ちてから三十七歳の現在まで、穂乃花につけられたあだ名である。ほかにもあったが忘れた。五兆円の由来は「まともな外見に改造するには五兆円ぐらいかかる」。まわりくどいあだ名だ。たとえ五兆円かけて外側を総取っ替えしても、性根は変わらないのだからどうしようもないだろうと穂乃花自身は思う。外に出るとカップルにすれ違いざま笑われる。電車で寝たふりをしているとときどき携帯で写真を撮られる。よほどインパクトのあるルックスらしい。穂乃花自身、ガラスなどに映った顔を不意打ちで見るたび慄然とする。

「おい桜井！　頭じゃなくて手を動かせ！」

班長の怒声に穂乃花は身をこわばらせた。まわりの作業員たちも姿勢を正す。

「どうせろくでもないこと考えてたんだろ。それとも腹が減ったのか？　デブ」

穂乃花は耳と脳を繋ぐ回路をシャットダウンする。マスクのしたのくちびるをかたく結び、目の前のベルトコンベアだけに意識を集中する。

場を引き締めるためのスケープゴート。この役割には子どものころから慣れ親しんでいた。穂乃花にはなにをやっても鈍重に見えてしまうという欠点があるが、それを差し引いても斜め前にいる学生の女の子のほうがよっぽどのろのろ作業している。まだ十代らしいその女の子は、帽子とマスクで顔のほとんどが覆われているにもかかわらず、輝きを隠しきれていなかった。頬の健康的な赤みと黒く濡れた瞳と長い睫毛《まつげ》。班長はこの子にとても甘い。以前、彼女が弁当をぶちまけたときも、叱りとばすどころか気遣った。穂乃花が同じことをしでかしたら、殺人を犯したかのように糾弾するだろうに。

勤務時間が明けるころには、骨の髄まで疲れきっていた。

「そろそろ息子の受験のこと考えなきゃいけないんだけど、うちの子頭悪いから受かりそうな高校がなくて。私立行かせるお金はないし」

「うちなんて苦労して私立行かせたのに、半年でやめちゃったのよ。いまは朝から晩まで部屋にこもってパソコン」

更衣室でベテランの主婦グループが愚痴を言い合っている。それぞれ長年の苦労が蓄積したような顔つきをしているが、愛してくれる男と出会って結婚し、セックスして子どもをつくったというだけで、穂乃花には雲の上の存在のように思える。

「お先に失礼します」

そう告げて更衣室を出る。穂乃花の背にかけられた声はまばらだった。


入金有り。ほうじ茶と三食パックの焼きそばともやしと缶チューハイを購入。


帰宅してまっさきに確認したブログには、たった一行、そう記されていた。

安堵のあまり、穂乃花は涙ぐむ。ほうじ茶のあたたかな湯気が「彼」を癒してくれますように。焼きそばの炭水化物が「彼」の胃を満たしてくれますように。缶チューハイのアルコールがつかのまの心地よい酩酊を「彼」にもたらしますように。神聖な気分で祈った。

それから万年床にもぐり込む。布団のなかでごそごそとズボンとパンツを下ろし、唾をつけた指で厚ぼったい肉の襞《ひだ》を掻《か》き分ける。その奥にひそむ芽をさぐりあてると目蓋をぎゅっと閉じた。現実を手放し、妄想の深い海に沈み込む。

正面にあるのは、「彼」の、暗い輝きをたたえた卑屈な眼差《まなざ》し。

――きみだったんだ。

たったひと言、「彼」は呟く。

穂乃花はゆっくり頷いて応える。ほほ笑もうとするが顔は涙に崩れる。

やっと出会えたふたりは、お互いひとめ見ただけで、胸の底の底まで理解しあえる。まるで相手のこころと自分のこころに境界線がないみたいに。向きあい、抱きあったままふたりの性器は繋がる。舌は複雑に絡み、もともとひとつの生物であったかのように溶けていく。頬をつたう熱い涙は自分の眼から流れているのか、それとも相手のものなのか。

妄想が盛り上がっていくにつれ、穂乃花の指は熟練ギタリストのように華麗におのれをかき鳴らす。穂乃花の食いしばった歯のあいだから、くぐもった呻き声が洩れる。

――会いたかった、好きだ、きみしかいない。

「彼」の言葉はそのまま自分の言葉でもある。しゃくりあげながら、穂乃花は何度も何度も頷く。クライマックスが近い。

――いっしょに死のう。

絶望的な声音でそう囁いて、「彼」は穂乃花のなかで爆《は》ぜる。同時に穂乃花も達して、現実の海岸に打ち上げられる。自分の体臭が充満した布団のなかで、ひとり汗と涙をだらだら流している現実に。

快感の余韻のなかで、穂乃花はぼんやりとリツキのことを思い出す。気持ちの良いことはすべてリツキが教えてくれた。リツキ相手にいまの妄想を再現しようとすると、最低でも三十六万は払わなければならない。リツキとの行為にはすべて値段がついていた。デート一時間につき一万円、キス十五万円、挿入二十万円、フェラチオ五万円、乳房への愛撫七万円、クリトリスへの愛撫八万円、クンニリングス二十万円。

妄想のなかの「彼」の悲痛な面持ちに、リツキの横顔が重なる。お金でしか愛を測れないんだ、と語っていたリツキの寂しげな横顔。リツキの言葉がすべて嘘であったことを、穂乃花はまだ受け入れられない。リツキの切なげな息遣いも、気持ちの良いことをしてくれるすんなりと長い指も、奥まで押し広げて満たしてくれる性器も、まだ忘れられそうにない。べつの男によって上書きされたら忘れられるかもしれないが、そんな日はおとずれない。

＊

今日は白米を敷き詰める係だ。おかずの盛りつけよりも忙しい工程なので、余計なことを考えている余裕はない。ビニールの手袋をはめた手でご飯を詰めて平らにならして、詰めて平らにならして。自分が機械の一部になったような感覚は心地よい。思考も尊厳も性欲もない、私は機械。無心に作業を続けていると、休憩時間を告げるベルが鳴った。

穂乃花は休憩室で、家から持ってきたおにぎりをもそもそ食べる。

「桜井さんそれだけで足りるの？　からだ大きいのに」

主婦グループのひとりに声をかけられた。まごついていると、ほかの女性が笑いながら口を挟む。

「ちょっと佐々木さん、それっていやみじゃない？　桜井さんも意地悪言われたら言い返さなきゃ。ね？」

「桜井さん、そんなに背をまるめて急いで食べてたら消化に悪いわよ。だれも奪ったりしないんだから落ち着いて食べなさいよ」

いたたまれなくなり、私ちょっとトイレに、と呟いて穂乃花は休憩室から出る。

「ねえ知ってる？　あのひと前科あるんだって」

ドアごしに粘っこい笑いを含んだ声が耳に届いて、からだがかたまった。

「前科？　あの地味なひとが？」

「びっくりでしょ。ネットで名前、検索してみて。桜井穂乃花って。出てくるから」

「いま携帯で調べてみる」

「ちょっと待って、桜井さんの下の名前ってホノカなの？　見ためとずいぶんギャップが」

ぷぷぷ、と笑う声を尻目に、穂乃花は工場の外へ駆け出していた。

すぐに息が切れて、よろよろと工場裏にある公園のベンチに座り込む。走ったせいで喉が渇いた。水筒は休憩室に置いてきてしまった。近くの自販機でジュースを購入しようと思い立ち、財布を開いたが、五千円札と五円玉しか入っていない。あの自販機では五千円札は使えないはずだ。首を巡らせて自販機のほうを見やると、ちょうど補充をしているところだった。

「あの、すみません」

穂乃花は近づき、作業中の青年に声をかける。

「はい？」と振り向いた青年は、穂乃花を見て絶句した。化け物と遭遇した、と思っているのだろう。穂乃花としては慣れている反応だ。

「そのコーラ買いたいんですけど、五千円しかないんでお釣りもらえますか」

「あ、はい、ちょっと待ってください」

青年はまだ動揺していたがコーラを売ってくれた。受け取った千円札に、やけに薄汚れた一枚がまじっていて気が滅入った。血のようなしみまでついている。わざと汚い千円札を渡したのではないか、と疑いが頭をもたげる。被害妄想だとわかっているがとめられなかった。

公園のベンチでコーラを飲みながら、穂乃花はポケットから携帯電話を出して「彼」のブログへアクセスする。ほとんど暗記してしまった文章を眼で辿《たど》る。『入金有り。ほうじ茶と三食パックの焼きそばともやしと缶チューハイを購入。』そのしたの日記も読む。『さっき気付いたら無意識のうちにGoogleの検索窓に胎児と打ち込んでいて狼狽した。俺は深層心理では胎児の段階からやり直したいと思っているのか。』

ブログから透けて見える、「彼」のすがた。四十二歳。天涯孤独。ほぼ無職。困窮。没交渉。病気。呪詛《じゅそ》。荒涼。ブログは年々殺伐としていく。ほかにエロサイトを運営していてアフィリエイト収入があるものの、微々たる額らしい。むかしはブログの文章に女の影がちらつくこともあったけれど、いまは皆無だ。女どころか、ひととの接触をほとんど感じられない日記。

震える指で画面をスクロールしていくうち、穂乃花の呼吸は落ち着いていく。「彼」の独白が羽毛のようにやわらかなタッチで穂乃花のこころを慰撫する。『ああ、それにしても腹が減った。コンソメパンチのことなんて思い出したせいだ。くそが。きのうから水道水しか胃に入れていない。』

もう一個残っているおにぎりを、「彼」に食べさせてやりたいと穂乃花は焦がれる。甘美で切ない衝動だ。

――「下」を見ることで満たされている、そんな自分はいないか。

唐突に、だれかが穂乃花の頭にそう語りかけた。穂乃花ははっと顔を上げ、硬直する。

振り込むお金は愛だ。そう信じている。しかし、ひどく利己的で傲慢で支配的な愛ではないか。

私たちは対等ではない、と穂乃花は胸のうちで呟く。自分は一方的に金を振り込み、「彼」はそれをただ受け入れるだけだ。

私はお金と愛の距離がわからないのだ、と穂乃花はさらに続ける。お金で愛を示すことしかできない。間違っていることは充分に知っている。清らかな慈悲なのか。それともなんらかの見返りを期待しているのか。相手を自分の好きなようにしたいという、薄汚い欲望か。あるいは優越感を得たいのか。施しを与えることで、自分は「彼」より上にいる、最底辺じゃない、と認識したいのか。

『あのひと前科あるんだって』

さっき聞いた声が穂乃花の耳の奥で甦る。そうだ、私は前科者だ。リツキのために、自分のために、しでかしたこと。

リツキと出会ったのは、「デザートカクテル」という名のクラブのウェブサイトだった。およそ六年前。「出張ホスト」で検索して、何番めかに表示されたサイト。ずらりと並んだ若い男の子たちの写真。そのなかの一枚が、穂乃花を狂わせた。夜の街に掃いて捨てるほどいるような、さして特徴のないちゃらちゃらした男の子だった。とくに美形なわけでも、過去に好きだっただれかに似ているわけでもない。でも穂乃花は、リツキに強く惹かれた。リツキしかいないと思いつめた。

半年間毎日サイトの写真を眺めて悩み続け、とうとう予約のメールを送った。半日のデートコース。希望の行き先は浦安のテーマパーク。待ち合わせの場所にあらわれたリツキは、サイトの写真よりも顔にしまりがなくて肌がぼこぼこしていた。写真では口を閉じていたので気付かなかったが、歯並びが悪く、ねじ曲がって生えている前歯が喋るたびに剝き出しになった。穂乃花は内心落胆したが、すぐに自分よりもこの男の子のほうががっかりしているに違いないと考え直した。自分のような化け物と半日デートしなければいけない彼に、心底同情した。すれ違う人びとはみな、好奇の視線を向けてくる。この不釣り合いなカップルにはどんなからくりが、と疑問に思っているのだろう。穂乃花はできるだけ身を縮めてからだを小さく見せ、うつむいて髪で顔を隠した。

「私なんかと手を繋ぐの、恥ずかしいでしょ。気を遣わなくていいですから」

手をさぐられて、穂乃花は拒否した。

「そんなに自分のこと悪く言うなよ、穂乃花さん」

空中に書かれた台詞《せりふ》を読むようにそう言って、リツキはぐいっと穂乃花の手を引っ張った。

異性に手をしっかりと握られるのは、はじめての経験だった。小学校の遠足や運動会で男の子と手を繋がなければいけない局面はあったが、いつも相手が厭《いや》がって、指の先端を抓《つま》むようにしか触れてもらえなかった。

「穂乃花さんの手、ぬいぐるみみたいですっげー気持ちいい」

リツキはねじ曲がった前歯を剝き出しにして笑った。

胸がどきどきして足もとが揺らぐ。心臓発作を起こして死んでしまうのではないかと恐れた。眼に映る風景は3D映像のように鮮やかに飛び出して穂乃花を幻惑する。

「似合わないし恥ずかしい」と強く拒否したが、リツキはミニーマウスのカチューシャを穂乃花の頭に装着した。プリンセスの頭にティアラを載せるように、繊細な手つきでうやうやしく。スペース・マウンテンの長い待ち時間も、苦にならないどころか永遠に続いてほしいと願った。リツキは同僚の悪口やファッションブランドのことを一方的に話し、穂乃花はひたすら相槌をうつ。リツキの話に出てくる固有名詞を半分も理解できなかったけれど、聞いているだけで嬉しかった。

「ディズニーランドって子どものころから憧れてたけど、いっしょに行くひとがいないし、一生来ることもないと思ってた」

休憩しに入ったレストランでミッキーマウスのかたちをしたピザを齧《かじ》りながら、穂乃花はしみじみ語った。

「穂乃花さんが行きたくても行けなかった場所、ぼくがどこでもつきあってあげる。いっしょに青春やり直しツアーやろう。いまからだってぜんぜん遅くないよ」

リツキが穂乃花の空いているほうの手を摑んでぶんぶん振る。穂乃花は苦笑するふりをしてうつむいた。

いつのまにか陽が暮れて、デートの終わりが近づいていた。エレクトリカルパレードのめくるめく電飾に圧倒されながら、穂乃花はとなりのリツキに気付かれないようこっそり涙を流した。こんなに愉《たの》しい日は人生ではじめてで、もう二度とおとずれない。今日の思い出を胸に、灰色の余生を過ごすのだ。パレードの電飾が消えるとき、魔法は解ける。帰宅した穂乃花は床に突っ伏しわあわあ声を上げて号泣した。泣きすぎて嘔吐し、熱を出して数日寝込んだ。

禁断の果実の味は、知らなければ淡々と生きることができただろう。しかし味わってしまったらもう、我慢などできない。月にいちどの「自分へのご褒美」だと、穂乃花はおのれに言い聞かせた。しかしじきに週に一回に変わる。ご褒美に値するような努力はなにもしていないにもかかわらず。

ディナーの帰り途《みち》、酔っぱらったふりをしてしなだれかかる瞬間の、甘い胸の疼《うず》き。重なる視線に込める想い。赤い丸が描かれたラッキーストライクのボックスから煙草を引き出す、細長くてかたちのよいリツキの指。駆け引きめいたきわどい会話。ほかの女たちはみな、こんな愉しくて心地よいことを当たり前のこととして享受しているのか、と考えると妬ましくてたまらなくなった。わきを通る車から守るため、穂乃花の腰をぐいっと引き寄せる腕の意外なたくましさ。くしゃみが出そうなほどスパイシーな香水のにおいと、うんと近づいた一瞬だけわずかに香る体臭。デート以上のことをしたい、と穂乃花はよこしまな欲望を抱くようになる。

そのクラブは表向き性交渉を禁止していた。あくまでデートが目的の、レンタル彼氏という名目。きわどいサービスはせいぜい背なかのアロママッサージぐらいだ。

「ランキングがなかなか上がらないんだよね」

ある日、リツキはバーのカウンターでそう嘆いた。

出張ホストクラブ「デザートカクテル」のサイトには、出張ホストたちのランキングが載っている。顧客たちがメダルというものを購入し、その数で順位が決まるのだ。メダルは一個三万円。個人的な金品の授与は禁止されているため、ホストへのチップの代わりでもある。ランキングには、メダル授与者の名前とメッセージも表示される。お気に入りのホストにメダルを贈るということは、ホスト本人を助けるだけでなく、彼についているほかの顧客たちへのアピールにもなる。彼には私という優良客がついているんですよ、という動物のマーキングみたいなもの。

リツキはいつも、ランキングの下位五パーセントに入っていた。ランキング下位のホストは罰金を払わなければいけないらしい。あまりにも不人気だと解雇もある。

「穂乃花ちゃんって素朴でいいよね。癒される。出張ホストのお客さんってキャバ嬢や風俗嬢が多いからさ、水商売の空気みたいなのにときどきすごく疲れるんだ。そんなとき穂乃花ちゃんに会うとほっとするよ。出張ホストとお客さんっていう関係を忘れそうになる。甘えちゃいたくなるんだよな」

穂乃花ちゃん、と呼んでくれるひとは、いままで幼稚園の先生しかいなかった。ひとまわり年下のリツキに、ちゃん付けで呼んでもらう日が来るとは。穂乃花はどぎまぎして正面にある水色のカクテルを凝視する。

「穂乃花ちゃんは普通のOLさんだし、あんまり負担をかけちゃいけないってわかってる。お水やってるお客さんたちとは金銭感覚が違うって知ってる」

メダルって一個三万円だったよね、と穂乃花はちいさな声で呟いた。

「うん、三万。……ぼく、ガキのころはずっと虐められっ子でさ。便器に頭から突っ込まれたり、剃刀《かみそり》で頭や眉毛剃られたり、顔にラップぐるぐる巻かれて窒息死させられそうになったりしてた。前も話したよね？　そのせいで劣等感を捨てきれないんだ。なんでもいいからいちばんになれたら変われるかもって思ってる。とりあえず、いまはあのクラブでナンバーワンになりたい。しょうもない目標だってわかってるけどさ、でも」

「来週お給料入るから、そしたらメダル買うね」

穂乃花はリツキの声をさえぎるように宣言した。

当時、穂乃花はちいさな不動産屋の事務員だった。短大を出て以来、ずっと勤務している職場である。いくら就職活動しても書類選考からさきに進めない――おそらく履歴書の写真で撥《は》ねられるのだ――穂乃花のために、叔父が知り合いに頼んで手配してくれた就職先だった。月給は手取りで十五万。実家暮らしだし服飾品に散財することもないし無趣味だったので、それで充分足りていた。

給料日の夜、穂乃花はメダルを三個購入した。九万円。すぐさまリツキの順位がふたつ上がる。リツキへの想いが数値に変換された。ランキングという、目に見えるわかりやすいかたちに。穂乃花の名前と、「リツキくんいつもありがとう♪　あなたの笑顔に元気をもらっています♪」というメッセージが掲載される。穂乃花はいつまでもその画面をにやにやと眺めていた。もっと早くメダルを購入していればよかった。

「メダル見たよ、ありがとう。嬉しかった。でもメダルはマージン取られるから、全額ぼくに入るわけじゃないんだよね」

「そうなんだ」

寿司屋のカウンターで、穂乃花はぎこちなく頷いた。廻らない寿司屋ははじめてだから流儀がわからず緊張していた。以前リツキが「寿司食いてえなあ」と洩らしていたので、有名店を予約したのだ。

「うちって出張ホストだけどあくまで健全なのが売りじゃない？　こっそり枕やってるやつもいるけど、ぼくはそういう姑息なことはやりたくない。誘ってくるお客さんはいたけど、ずっと断ってきた」

枕、という言葉が鼓膜に届いて、穂乃花はかたまった。それがセックスを意味することぐらい知っていた。頬が熱くなり、腋にねっとりとした汗が滲《にじ》む。汗のにおいがとなりのリツキに届いていないか心配になった。寿司職人にも「出張ホスト」だの「枕」だの聞こえているのでは、とカウンターのなかを盗み見るが、職人は淡々と寿司を握っている。

「でも、穂乃花ちゃんに出会って、ポリシーが揺らいでる」

穂乃花は身をこわばらせたまま、言葉の続きを待つ。

「穂乃花ちゃんを見てると、虐められてたころの自分を思い出すんだ。穂乃花ちゃんを変えてあげたい。傲慢で勝手な考えかもしれない。ベッドのなかで穂乃花ちゃんに自信を与えたい。穂乃花ちゃんがさなぎから蝶になるところを見てみたい」

ひと息に言うと、リツキは顔を手で覆ってうつむいた。

「――もっと違うかたちで出会えればよかったのに」

悩ましげなため息とともに、彼は呟いた。それからゆっくりと顔を上げ、長い前髪のあいだから穂乃花を見つめて口を開く。

「でもぼくは。お金でしか愛を測れないんだ」

「……お金、払うから、抱いてください。私を変えてください」

震える声で、穂乃花は請うた。世界にはリツキと自分しかいないように感じていた。

照明を落としたシティホテルの一室で、穂乃花はベッドにそっと横たえられた。こちらを見下ろす彼の眼差しはとてもやさしくて、穂乃花は安心して瞳を閉じた。裸の肌に触れられる。冷静さを保とうと自分に言い聞かせていたのに、リツキの体温を感じたとたん、感情の迸《ほとばし》りをとめられなくなった。しがみついて幼子のように声を上げて泣いた。だらだらと流れる涙と鼻水とよだれを、リツキはていねいに舐めとってくれた。触れられるたび、穂乃花は獣のような咆哮《ほうこう》を上げて涙を流した。

充分な時間をかけてリツキは穂乃花のからだをほぐし、そして膝の裏を持って脚を広げた。ひときわ熱い器官が、穂乃花の空洞を埋めていく。以前から自分の指や道具で慰めていたので痛みはなかった。「穂乃花ちゃんのなか、気持ちいい。ぼくと出会う日のためにずっと取っておいてくれたんだね」リツキは吐息まじりの切なげな声で囁き、首すじに口づけた。彼の脱色したやわらかい髪がさらさらと流れて穂乃花の胸をくすぐる。自分はこの一瞬のために生まれてきたのだと穂乃花は確信して、痙攣《けいれん》しながらまた泣いた。

通帳の残高はみるみる減っていった。不動産屋で仲介している物件のなかに、ずっと入院していていつ亡くなってもおかしくないような高齢の男性が所有しているマンションがあった。穂乃花はその所有者に支払うべきお金を、自分の口座に振り込んだ。事務員は穂乃花だけなので、所有者が気付かないかぎり発覚しないだろうと思われた。うまくいった。ほかの物件の仲介手数料もごまかすようになった。そのうち罪悪感を覚えることもなくなった。ランキングには穂乃花の名前のメダルがいくつも燦然《さんぜん》と輝き、リツキは三位前後を維持できるようになった。穂乃花はリツキを口で射精へ導くことができるようになったし、錆びた鋏《はさみ》で髪を切るのをやめて美容室に通いはじめた。

知り合って一周年の記念日、穂乃花はディズニーリゾートのホテルを予約していたが、リツキは約束の時間に来なかった。電話をかけても出てくれない。不安になって携帯でクラブのサイトを閲覧すると、リツキの写真が消えていた。なにがあったんだろう。つくりものの火山や港町が大きな窓から見えるロビーラウンジのソファで、穂乃花は不安に襲われた。

インターネットに水商売業界の女の子たちが書き込む掲示板がある、という話は以前リツキから聞いたことがあった。嘘と憎悪と妬みが渦巻く魔境だから見ないほうがいいと言われていた。掲示板はすぐに発見できた。ホストクラブの話題は店ごとに五十音順に分かれている。「夕行のお店」というところを開く。やがて『デザートカクテルのリツキについて語ろう』というタイトルのスレッドに辿り着いた。

『嘘つきだよね、あいつ。まあ出張ホストなんてみんな嘘つきだけど』

『あたしなんて親が殺人犯でどうこうって身の上話聞かされたよ（笑）』

『もうちょっとうまい嘘つけっての』

『ベッドあり？』

『若くてかわいい子ならタダでしてくれる』

『リツキの彼女キャバやってるけど、あんまりかわいくない』

『彼女っつうか奥さんでしょアレ。リツキ結婚してるよ』

『メダルいっぱい買ってるホノカって上客いるじゃん？　超絶デブスだってリツキ言ってた。しかも高齢処女だったって』

『金のためにそんなデブスと寝るリツキもたいがいだけどね』

『私リツキにホノカの写真見せてもらったよー。確かに化け物級だった！　あんなのとヤレるリツキをマジ尊敬する』

『ホノカはいくら払ってヤッてもらったんだろ。私もリツキにヤラれたい』

『つーかブサじゃんリツキ。話もめっちゃ退屈だし』

『でもエッチはうまい』

『そっかあ？』

血走った眼で書き込みを辿っていると、携帯が震えて着信を知らせた。職場からだ。おといから百回以上着信がある。留守電も入っているようだが聞いていない。叔父からの着信も二十件ほど残っていた。仕事は数日前から無断欠勤している。着服したお金は穂乃花が把握できているぶんだけでも八百万円を超えていた。

――休憩時間の終了を知らせるベルが鳴り響いて、穂乃花ははっと顔を上げる。回想から現実へ戻る。工場に戻って白衣をはおり、手を入念に洗って消毒して帽子とマスクを着用した。持ち場へと急ぐ。

「業務上横領の穂乃花ちゃんっ」

うしろから呼びかけられた。主婦グループのだれかだ。

「八百万はどうしたの？　オトコに貢いだの？　それとも全部食費？」

ほかの女性がさらに続ける。背後で笑い声が弾《はじ》ける。「やめなさい聞こえてるわよ」とたしなめる声にも嘲《あざけ》りが滲んでいる。

穂乃花は無視して定位置につき、ベルトコンベアをきつく睨んだ。機械になれ、と自分に命じる。

＊

もう二か月近く更新がない。『入金有り。ほうじ茶と三食パックの焼きそばともやしと缶チューハイを購入。』の一文が、ずっと最新の記事として表示されている。こんなに長く更新の間隔が開いたことは穂乃花の知るかぎりなかった。もしもこのまま永遠に更新がなかったら。私の胸に巣くう愛は吐き出し口を失って暴れ狂い、ウロボロスのように自分自身を食らいはじめるのではないか。

ブログの記事の下にある「コメント」の文字をクリックしてみた。テキストボックスがあらわれる。悩みながら、迷いながら、穂乃花は文字を打ち込んでいく。

はじめまして。いつも読んでいます。

更新が途絶えていますが、なにかあったんでしょうか。

体調はいかがでしょうか。

生きていますか。

心配しています。


投稿ボタンを押すことは、どうしてもできなかった。Ctrl＋Aで書いた文章を全選択し、BackSpaceキーを押して消した。パソコンの電源を落とし、布団を頭からかぶって眠くなるのを待つ。

いくら待っても睡魔は穂乃花を誘惑してくれなかった。湿っぽい布団のなか、穂乃花は頭のなかで「彼」に語りかけることにする。会ったこともない男に。だいたい「彼」は、ハンドルネームだってブログに載せていない。かろうじて、口座の名義を知っているだけ。

（八百万は親に払ってもらったんです。正確には八百二十九万七千五百円。うちは決して裕福なほうじゃないんですけど。両親が長年働いて老後のために蓄えていた、大切なお金でした。留置場には入りましたが、示談が成立したのでなんとか実刑は免れました。でも社長に実名を公表されたため、ネットで名前を検索すれば横領の件が出てきます。桜井穂乃花、同姓同名はそうそういないでしょう。これじゃ正社員での就職も結婚も厳しいですよね。まあ、結婚はもともと厳しいんですけど）

興が乗ってきたので、さらに続けてみることにする。ひとり遊びは穂乃花の特技だ。幼い時分からずっと。

（八百万の用途について、いくら訊《き》かれても私は真実を語りませんでした。あまりにも毎日が退屈なのでついパチンコに嵌《はま》ってしまって全部遣った、と嘘をつきとおしました。リツキの存在を白状して、彼についてあれこれひとに言われるのは我慢ができなかった。リツキのこと、いまだに憎みきれないんです。こんな女、騙すのかんたんだっただろうなあ、ってわがことながら思います。リツキ？　クラブを辞めてそれっきりです。辞めた理由も、いまどこでなにをやっているのかもいっさい知りません。知ったらまた自分を制御できなくなりそうで、怖い）

穂乃花は寝返りをうった。黄ばんだシーツのうえで胎児のように丸くなり、ふたたび「彼」に話しかける。

（親には、お金を出してもらうのと同時に縁を切られました。十五万渡すからどこか遠くに行ってひとりでゼロからお前の人生を築きなさい、って。これをきっかけに変わりなさい、って。知り合いがいないところならどこでもよかったんですけど、犯罪者は北に逃げるものと相場が決まっているでしょう？　だからそのしきたりに従って、ここで暮らしています。五年が経ちました。あなたは、どこで、どうやって暮らしているんですか？)
そこまで脳内で喋ったところでようやく目蓋が重たくなってきた。「彼」の夢を見ることができたらいいな、とうっすら思いながら、穂乃花は真っ暗な眠りの底へ落ちていく。

*

5月19日
いまパソコンに向かっている俺の視界にはドアノブがあって、そのドアノブには紐がくくりつけてある。二週間前に首吊りを試みたが失敗した名残だ。ひとよりも喉仏が大きく飛び出しているせいか、紐はぜんぜん締まってくれなかった。汗だくになって試行錯誤しているうちに自分がなにをしているんだかわからなくなって、諦めた。エクササイズか。縊死未遂ダイエットか。つぎに流行る新しい減量法か。無駄に腹が減っただけだった。よく刑務所内で靴下や下着を用いて首吊りを成功させる囚人がいるが、彼らはよっぽど運に恵まれているに違いない。社会党党首を壇上で刺殺したあと少年鑑別所の壁に歯磨き粉で遺書を書いてシーツで首吊り自殺した山口二矢なんて、神に愛されたスーパーウルトララッキーボーイと言えるだろう。あのガキ、穴だらけの計画だったくせに。それに引き替え俺はただの間抜けな豚だ。そもそも本気で死にたいなら高層ビルの屋上から飛び降りればいいだけなのに、ドアノブで首吊りというあたりに俺のしょぼさが滲み出ている。日本の年間総自殺者数は三万人前後らしい。つまり年に三万人は見事自殺という目的を達成できているというわけだ。めでたい。俺も先人たちを見習って目的達成のため懸命に地道に努力を重ねたい所存。

穂乃花はひさびさに更新されたブログを一文字一文字、たんねんに読み進めた。眼球をせわしなく動かしながら、つめたくなった指さきで口を押さえて浅い呼吸を繰り返す。自分の心臓の音が耳の奥でどっくんどっくん響いてうるさい。全身から汗が噴き出していることに気付いた。手の甲で額や胸や腋の汗をぬぐって、なのに汗はいくらでもあふれてきりがない。叫び出しそうになったが、叫ぶ代わりに財布を摑んで外に飛び出した。

「彼」の人生を背負い込む覚悟も余力もないのだから、接触すべきではない。アパートの錆びた階段を駆け降りる穂乃花の脳内で、だれかがそう諭した。穂乃花の背なかはだだっ広いけど、だれかを背負えるような力はなかった。

それでも。ただ生きていてほしい。こうやってときどき「言葉」を読ませてほしい。そのぐらい願っても罰はあたらないはずだ。

ほんとうのところ、私はブログを書いている「彼」を愛しているのではなく、「彼」に重ねた自分自身を愛しているのかもしれない、と穂乃花は醜いフォームでがむしゃらに走りながら考える。曲がりくねって複雑骨折した、自己憐憫《れんびん》の変異体。その甘ったるい味わいに酔っぱらっているだけなのかもしれない。——でも、それのどこが悪いのか。

銀行のATMにはだれも並んでいなかった。財布を開ける手が震えて小銭を床にばらまいてしまったが、拾う余裕はない。夜勤明けの疲弊した肉体で全力疾走したため、脚ががくがく揺れている。脇腹が痛い。穂乃花は「お振り込み」を選択し、金額を入力する。それからいつもの振込先を指定した。「ご依頼人名」、つまり自分の名前を入力する画面に切り替わる。

息をつめて、タッチパネルから文字を選び、一字ずつ確実に押していく。

「アナタ゛カ」

確認ボタンを押し、足踏みしながら画面が切り替わるのを待つ。電話番号はどうせ通帳に載らないので、いつもどおりてきとうな番号にしておいた。開いた口に千円札を一枚投入し、手数料の小銭も入れる。振込が完了した。焦る手で連続振込を選ぶ。さっきと同様に振込先を指定し、依頼人名の代わりにメッセージの続きを入力する。

「イキテル゛タケ゛テ」

もう一枚。千円札と手数料を投入。ぐしゃぐしゃのひどく薄汚れた千円札だ。朱《あか》いしみまでついている。汗でぬめる指でタッチパネルに触れた。連続振込を選ぶ。言葉を紡ぐ。

「ワタシハウレシイ」

――あなたが生きてるだけで私は嬉しい。

三件の振り込みが完了して、穂乃花はようやくまともな呼吸ができるようになった。リツキがぬいぐるみみたいだと評した手で、濡れた眼を乱暴にこする。ずずっと汚い音を立てて鼻水を啜り上げた。

つぎに記帳する際、「彼」は三行にわたって通帳に並ぶこのメッセージを目にすることになる。そのとき「彼」がなにを思うのか、穂乃花には知るすべがない。

自己満足かもしれない。厚かましいかもしれない。迷惑な言いぶんかもしれない。うざったいと「彼」は腹を立てるかもしれない。でも、あなたが生きてるだけで私は嬉しい。ほかに伝えたい言葉はない。これだけ伝えられたら、「彼」になにも望まない。会うことも、ましてや愛してもらうことなど望まない。

――そしていつか自分のことも、ただ生きているだけでいいのだと思えるようになったら。

銀行の外に出ると、五月の豊潤な風が木々の梢《こずえ》を揺らす音が聞こえた。風はようやく開花した桜や街灯やビルや雑踏や花壇に咲くパンジーのあいだをすり抜け、穂乃花の汗を乾かしていく。行こう、と穂乃花はひとには聞こえぬちいさな声で呟いた。

# エピローグ　私たちはきっと前進している

「あああああなんか悔しい！」

　夜道をひとり歩いていたみず帆は、ふと立ち止まると虚空に向かって叫んだ。

　ぜったいにやめておいたほうがいい。周囲にそう制止され続けた恋は、一時間ほど前に派手な嘔吐とともに終わった。別れを告げる勇気を得るためにしこたま酒を飲んだところ、思いっきり吐いてしまったのだ。豪輔は「うわ汚《きたね》え！」と叫んで椅子をうしろに引いた。

　つぎの瞬間、みず帆は彼に向かって「ごめんなさい別れたいんです」と頭を下げていた。ようやく言えた、と思った。豪輔は「あっそうなん？」と軽い返事をし、「俺ちょっとトイレ」と言ったきりどこかへ消えてしまった。それから四十五分待ったが戻ってこなかった。しょうがないので、ふたりで飲み食いしたぶんの勘定はみず帆が済ませた。

　あのひとは間違いなく酷《ひど》い男だから、と周囲に諭されれば諭されるほど、意固地になった。評価ほかの人間にはわからなくても私は彼の良さを知っているんだから、とむきになった。評価基準を他人に託していたころの反動が一気にきたのだろう。

実際、アメリカ帰りだという赤井豪輔の経歴は嘘まみれだった。アメリカに行く前に知人から金を借りまくっていたらしく、ふたりでいるときにもしょっちゅう取り立ての電話がかかってきた。関係が終わったいまとなっては、自分が彼のどこに惚れていたのかもよくわからない。セックスもいまいちだったと言い切れる。最高潮に盛り上がっていたころはそんなこと思いもしなかったけれど。

自宅アパートへの帰り途《みち》、深夜なので人通りはまばらだ。どこかで猫が鳴いている。

あいかわらず胃がむかむかしているし爪や髪の毛にまでアルコールが染み込んでいるような状態だったが、まだ飲み足りない気がする。目についたコンビニに入り、アルコール類の売り場でワインの小瓶を手に取った。小銭を出すのがめんどうなので五千円札をレジに出す。

コンビニの自動ドアを通過しながら、受け取ったお釣りにぼんやりと視線を落として、ずいぶんと汚い千円札がまぎれていることに気付く。野口英世の横にかすれた朱《あか》いしみがついている。

頭の片隅がむずむずした。脳の記憶を司る部分が刺激されているのを感じる。自分の右手に視線を移し、親指の腹を観察した。そして紙幣についた朱い指紋と見比べる。

脳裏をよぎる光景があった。一センチほどの厚みに膨らんだ、札束が入っているように見せかけた封筒。早乙女さんの奥さんだという女性のおかっぱ頭と、屹然《きつぜん》とした眼差《まなざ》し。とてもとてもまずいスパークリングバジル（あの直後に製造終了になった）。みず帆はあっと声を上げた。この千円札は、あのときの千円札だろうか。確証はない、でも。

――あの日から、私は少しでも前に進めただろうか。

早乙女さんとごたごたしていたのは、もう二年半も前のことだ。彼はあれからしばらくして失踪した。ときを同じくしてみず帆の後輩の吉瀬泉も消えた。ふたりは駆け落ちしたのだともっぱらの噂だった。みず帆としてはいまさらどうでもいい。興味が湧かない。

みず帆は来月二十八歳になる。同い年の知人女性のなかで、夫や彼氏がいないのは自分だけ。いや、ひとと比べるのはよそう、とかぶりを振る。とたんに頭がくらくらして歩道のわきにうずくまった。

しゃがみ込んだまま、千円札を見つめる。ひとの手から手へと渡って、ふたたび自分のもとへ戻ってきた千円札。二年半のあいだにこの千円札のうえをとおりすぎていったひとを想像しようとする。しかし、具体的な顔はひとりとして浮かばなかった。見知らぬ人間を思い浮かべられるような想像力なんてないから当然だ、と自嘲する。

この千円札のうえをとおりすぎていったひと、と頭のなかで繰り返すと、女のうえをとおりすぎていった男たち、という言い回しが頭に浮かんだ。この二年半のあいだにみず帆が惚れた男はみんなどうしようもなかった。「愛情を分散させないと、俺の気持ちが強すぎて相手の負担になるから」と独自の理論で浮気（五股《ごまた》だった）を正当化する男。私服が母親の手編みセーターオンリーだった男（スーツだと格好良かったのに）。はじめてのデートで尿を飲ませてくれと土下座した男。そして豪輔。自分の直感だけに頼ったら、このありさまだ。みず帆は最近、自分は悪食《あくじき》なのかもしれないと悟りつつある。

いわくつきの千円札をワンピースのポケットに突っ込んで立ち上がった。ワインをラッパ飲みしながら家に向かってふらふら歩く。なんとかアパートに辿り着いた。鍵を開けて玄関に入り、靴を脱ぐ。

壁にぶつかりながら廊下を歩き、服を脱いでいく。カーディガン、吐瀉物《としゃぶつ》で汚れたワンピース、伝線したストッキング、ブラジャー、ショーツ。脱いだ服はまとめて洗濯機に放り込んだ。スイッチを押し、液体洗剤を計量せずに注いで蓋《ふた》を閉める。ワンピースのタグにドライクリーニングマークがついていた気もするが、確かめるのは億劫《おっくう》だった。

十年ものの洗濯機ががごんがごんと大暴れしている音を子守歌にして、みず帆は眠りに落ちる。

眼が覚めると、室内は静まりかえっていた。遮光カーテンを閉めているため、まだ深夜なのかそれともとっくに昼間なのか判別できない。とりあえず洗濯は終わっているようだ。みず帆は目蓋《まぶた》をこすりながら立ち上がる。

洗濯機の蓋を開けて絶句した。

くしゃくしゃの紙らしきものが、洗濯物にくっついている。

「え、これって——」

みず帆は洗濯機を覗き込み、眼をこらす。

紙は千円札だった。ワンピースのポケットに入れたまま洗濯してしまったのだ。折り目がついていた中央部分から、まっぷたつにちぎれている。ショーツのちょうどクロッチ部分にぺったり貼りついているので剝がそうとすると、さらにやぶれた。日本の紙幣は植物の繊維からつくられているので洗ってもそうそうやぶれない、という話を聞いたことがあったが、さんざん使い古されてくたびれていた紙幣だったので、あっさり裂けたのだろう。

顎から切れた野口英世の肖像を見つめ、嘆息する。「儚《はかな》いもんだなあ」と独りごとがくちびるから滑り落ちた。

この程度の破損ならば、銀行に持っていけば新札と交換してもらえるかもしれない。でもこの千円札は、ここで生涯を終わらせるべきのようにみず帆には思えた。

あんがい、ひとの一生もこの千円札と同じようなものなのかも、と二日酔いの脳みそで閃《ひらめ》く。さまざまなひとと関わり、わたり歩いて、ある日あっけなく終わる。

洗濯機から取り出したワンピースを広げて、また愕然とした。キッズサイズかと見まがうほど縮んでいる。さらに裾がほつれていた。今シーズン買ったばかりだったのに。そのしたにあったブラジャーもワイヤーが曲がっている。

洗い終わった衣類をかごに詰めて窓辺に運んだ。荒っぽくカーテンを開けると、白いひかりがさっと室内に射し込む。早朝の陽射し。壁の時計を見ると午前五時半。ロックを解除して窓を開け、まっさらな空気を胸いっぱいに吸い込む。

あたらしい朝だ、とみず帆は呟いた。希望の朝とは言いがたいけど。

服を干し終えた。清潔な香りを振りまく衣類が風にはためいたらうつくしい光景だろうけど、どれもじっとりと垂れ下がっている。縮んでしまったワンピースや型崩れしたブラジャーたち。顔を上げると、雲のあいだから陽光が射して、街並みを照らしている。

さっきのやぶれた千円札はかごの底に貼りついていた。みず帆はそれを拾い上げ、細かく裂いていく。軽く握りしめると、ベランダの柵から腕を伸ばし、ぱっと手のひらを開いた。千円札だった紙くずが舞う。できそこないの紙吹雪は旋回して落ちていき、やがて見えなくなった。

万力で締められるように痛むこめかみを押さえながら、とりあえず二度寝だ、と独りごちて室内に戻った。ベッドに入る前に台所に寄る。シンクのレバーを持ち上げて水を出し、透明のグラスになみなみと注いだ。水は、蛍光灯の輝きを受けてきらきら揺れている。みず帆は喉を大きく鳴らしてそれを飲んだ。こぼれた水が顎をつたい首を濡らしていくひんやりと心地よい感触を、眼を瞑って堪能する。

# 解説

窪　美澄

　２０１３年に『愛を振り込む』の単行本を手にしたとき、まず驚いたのが第三話の「カフェ女につけ麺男」というタイトルだった。「カフェ女」も「つけ麺男」もその音を聞くだけで誰もがもやっとした（決していいイメージではない）感想を抱く固有名詞であって、その男女像ははっきりと目に浮かぶ。そのふたつをくっつけ、タイトルとして差し出されたとき、もう一本とられた気になった。痒《かゆ》いところをしっかり掻《か》いてもらった心地よささすら感じたし、うまいなあ……と訳知り顔で頷《うなず》くしかなかった。

　このタイトルだけで蛭田亜紗子は天才か！　と思ったのだが、タイトルだけではもちろんない。収められた六作の短編の質の高さったらない。

どの物語にも「野口英世の顔の横のあたりに朱い指紋が付いている千円札」が登場する。それ以外、それぞれの物語には関連性はない。札幌という言葉が幾度か登場するが、舞台となっているのはたぶん東京ではないどこかの町。物語を牽引するアイテムとして、朱い指紋がついた千円札は人から人の手に渡っていく。

今回、文庫版解説を書くにあたり再読して強く思ったことは、第一話から第六話への作品としての高まりと強度である。繰り返すが、六話はすべて違う設定、登場人物もそれぞれ異なる。けれど、第一話から第六話まで通して読むと、これはひとつの大きな物語であると思うし、最終話である第六話には、大きな物語が収められていくときの大きなカタルシスすら感じるのである。

どの物語にも人生がうまくいっている人が出てこない。もうその時点で最高だと思う。小説を書いていると、自分がここまで時間をかけて格闘している小説とはいったいなんだ？という問いがふいに頭をかすめることがあるが（高尚な問いではない。自らの頭のなかの妄想を書き続ける日々にもうひとりの自分から、それでいいのか⁉とつっこみが入るのである）、小説とはすなわち、人生がうまくいっていない人間の悲劇、喜劇を描いたものではないかと思う。ところが、この小説には、うまくいっているどころか、ちょっとこんな人そばにいたらいやだなという人、正常と異常の境界線上ギリギリにいる人たちが多く登場するのだ。

例えば、第一話の「となりの芝生はピンク」に登場する椎名みず帆は、後輩と同じコートや万年筆など「誰かが持っている物と同じ物がほしい女性」で、それは物だけにとどまらず、触手はみず帆の会社に出向中の既婚男性、早乙女さんにも伸びていく。まさに「となりの芝生は青い」と感じるままに、その欲望を忠実に実行にうつしてしまう。

みず帆は自分だけの価値観を持たない。早乙女さんに惹かれたのも、「パーフェクトな女性に選ばれ、愛されているひと。それだけの価値がある男」と感じた（勘違いした）からである。自分が好きかどうかは別。物が、人が、世間的にどれだけ愛され、支持されているか、それが強ければ強いほど、高ければ高いほど、みず帆はそれを欲しがる。

情事がばれたみず帆は早乙女さんの妻・真由子さんと対面し、手切れ金を渡されたあと、シネコンで見た映画や、カジュアルなイタリアンの店でも即座にネットでの評価をチェックする。けれど、ここまで読んで、みず帆の姿に既視感を持つ。境界線上にいるとばかり思っていたみず帆と読み手との距離がぐっと近づく瞬間だ。あれ、みず帆って、私じゃないかとふと思ってしまう。

見たあとに「？」マークしか浮かばない映画を見たとき、明らかにつまらないと思う映画を見たときも、自分の意見を誰かに伝える前に、ＳＮＳやネットでほかの人の感想をチェックするのは誰にでも経験があることだと思う。あの人がおもしろいと言っているのに、おもしろくないと思った自分はちょっと変なのかな、と感想が揺らぐこともある。

初めて行くレストランの評価をネットでチェックしたことがない人のほうが少ないだろう。レストランだけじゃない、本も、服も、自分だけの価値観じゃなく、自分以外の誰かがどう思うか、会ったことのない誰かの意見をまず聞いてみようというときだってある。ネットで誰かがおすすめしたものをよく確認もせずに買った経験なんて数え切れないくらいあるし、極端なことを言えば、恋愛においても自分以外の誰にも相手にされないような男性なんてちょっとどうなのかな、と思ったことだってある。

「――いつから私は、評価基準をつねに外に求めるようになったのだろう。だれかの意見を聞かないと不安でたまらない、陳腐な人間になってしまったのだろう」

図星だから痛い。けれど、この作品の優れているところは、そうですよね……と読み手を納得させるだけで終わらず、みず帆が次の一歩を踏み出すラストシーンで締めくくっているところである。ヘドロをすくってみたらその表面に透明なガラス玉がきらりと光ったような不思議な清涼感。それはこの作品集のどれにも共通している。

また、この作品集には、欺《だま》し欺される関係が、もしくは、自らの妄想を強固にしたいがために自らの視覚で歪《ゆが》めた対象の像が、ひらりとあらわになるシーンが数多く登場する。

一話めの「となりの芝生はピンク」では、自分がちょっかいを出した既婚男性の価値を上げるため、みず帆は、見たことのないその妻の姿を自分勝手な妄想で作り上げている。ところが実際に会った妻は……。

三話めの「カフェ女につけ麺男」では、北欧カフェをつぶした女・絹代は、つけ麺屋をつぶした男・赤井豪輔の上位に立っているようでいて、最後はその関係が逆転してしまう。

オセロの石が白から黒へ変わっていく巧みさ、そしてかすかな光を見せるようなラスト。物語を運ぶ文章には無駄がなく流麗だ。うまく飲み下せない、という箇所がひとつもない。あえてこう書くのは、そうではない小説がこの世界には多々あるからだ。小説が、本が売れないという絶叫に近い声は、もうずいぶん前から出版業界のなかに響きわたっているが、文章が多少下手でも共感できさえすればいい（もしくはとにかく売れれば勝ちである）という考えには真っ向から異議を唱えたい。タクシー運転手なのにびっくりするほど運転が下手というケースに遭遇する機会は多いが、小説家においてもそれは例外ではない。運転が下手だけれど、目的地まで仕方がないから我慢しよう、そんな小説は数え切れないほどある。

自分がデビューした賞についてこんなことを書くのはどうだろうと思うが、R-18文学賞出身の小説家の文章のうまさについては、もっと注目をされてもいいところであると思っている。文章力という点ではどんな新人賞よりもレベルが高いと（１００％身内褒めである）心から思っているし、そのなかでも蛭田亜沙子の文章のうまさは群を抜いている。

最初はちょっと熱すぎるかな、という風呂の温度にじわじわ馴染んでいくように、一話、二話と読み進めるにつれ、蛭田亜紗子が描く世界というものに私たちは引きずり込まれていく。そして、物語が進むうち、書き手につけられた傷、のようなものが深くなっていることに気がつくかもしれない。

第四話「月下美人と斑入りのポトス」から、第五話「不肖の娘」、第六話「愛を振り込む」へと続くドライブ感は読み手の内側を鋭角にえぐってくる。

出てくる人間のダメっぷりも後半の三作は、より高まっている。

「月下美人と斑入りのポトス」に登場する金で男に買われ、芸能界に見切りをつけ故郷に帰る頼子、「不肖の娘」に登場する、会社の備品をネットオークションで換金し、自らの体をも商品とする玲加、そして表題作でもある「愛を振り込む」に登場する出張ホストに入れ込み、会社の金を着服し逮捕された過去のある穂乃花。

けれど、ここに登場するようなある一線を越えてしまった女たちが、自分とはまったく違う人間であるとは私にはどうしても思えない。今まで生きてきて、愛だと自分が信じていたものがつねに純度の高いものであった、とは誰にも言い切れないだろう。好きになった男の経済力を気にしたことがなかったか。二人の間でやりとりされる物品だけでなく、感情のやりとりですら、金銭的な価値に置き換えたことがなかっただろうか。愛と金との境目、そのぎりぎりのところを、この物語は正確に描こうとしている。

金が愛をつなぐこともあるし、二人を分かつこともある。ひどく曖昧な愛と呼ばれるものの価値を金でしか測れないという関係もこの世にはある。そこで生まれる物語はひどく不器用で、ときに下品で、目を背けたくなることもあるかもしれない。けれど、書き手がそこから目を逸らさずに、六つの物語を紡いだこの作品集のリアルさ、精度の高さには目を瞠《みは》るものがある。

六編の短編ではあるが、それぞれ長編並みにみっちりと「身」がつまった作品であると言っていいと思う。とくに最終話である「愛を振り込む」の密度はすごい。出張ホストに会社の金を八百万つぎ込み、横領の罪で留置場に入り、今は工場で働く穂乃花が心の支えにしているのが、ブログを書いている「彼」だ。ブログが更新されるたび、千円を「彼」に振り込む穂乃花。彼女はお金が介在しなければ、男とつながることができないし、愛と呼ばれるものを手にすることもできない。

「私はお金と愛の距離がわからないのだ、（中略）お金で愛を示すことしかできない。（中略）清らかな慈悲なのか。それともなんらかの見返りを期待しているのか。相手を自分の好きなようにしたいという、薄汚い欲望か。あるいは優越感を得たいのか。施しを与えることで、自分は「彼」より上にいる、最底辺じゃない、と認識したいのか」

例えば、妻が専業主婦である夫はどうだろう。自分が稼いだ金を遣われることに一ミリの不満も抱いたことがないだろうか。子供への愛と言うけれど、その愛はぼんやりとした情愛ではなく、実際のところ、生活費や教育費といった金額に還元できるのではないか。施しをする、それを受ける関係には自然発生的に上下が生まれるはずだ。金で自分のいる場所を確かめる。金を与えることで、自分が上にいることを認識する。どれもほんとうのことだ。そのほんとうのことを、この作品集はまるで人間を解剖するように私たちに見せる。けれど、そのほんとうのことがどうしてこんなにも切なく悲しいのか。

見たことも会ったこともないブログを書いている「彼」に穂乃花がATMから打ち込むメッセージ。穂乃花も、ブログの「彼」も、世の中の高いところにいる人ではない。好きな言葉ではないが、いわば底辺の二人が数千円でつながっている関係。けれど、ラストシーンで穂乃花が「彼」に伝えた言葉はお金を介在しているからこそ生まれたメッセージであり、書き手が六編の作品を通してどうしようもなく描きたかったことなのではないか。

一冊の本を買うにも、絶対に損をしたくないと誰もが皆考える世知辛い世の中だ。もし、解説を読んでからこの本を買おうかどうしようか迷っているのなら、どうぞ今すぐにレジへ向かってほしい。絶対に損はさせない。

——作家

この作品は二〇一三年十月小社より刊行されたものです。

愛《あい》を振《ふ》り込《こ》む

蛭田亜紗子《ひるたあさこ》

平成29年2月10日　初版発行

発行人――石原正康
編集人――袖山満一子
発行所――株式会社幻冬舎
〒151-0051東京都渋谷区千駄ヶ谷4-9-7
電話　03(5411)6222(営業)
03(5411)6211(編集)
振替00120-8-767643
印刷・製本―図書印刷株式会社
装丁者――高橋雅之



幻冬舎文庫

ISBN978-4-344-42574-3　C0193　ひ-22-1

幻冬舎ホームページアドレス　http://www.gentosha.co.jp/
この本に関するご意見・ご感想をメールでお寄せいただく場合は、comment@gentosha.co.jpまで。